아무튼, 스윙

아무튼, 스윙

김선영

위고

스윙, 스윙, 스윙
모두가 스윙을 추기 시작하네

-킬리 스미스, 〈Swing, Swing, Swing〉 중에서

차례

금요일의 습관으로

야근이 일주일 넘게 이어지고 있다. 잡지 마감 기간이 시작된 것이다. 그러니까 이 말은 내가 춤을 못 춘지 일주일이 넘었다는 이야기다. 온몸이 묵직하고 찌뿌드드했다. 교정이 쉽지 않은 원고를 사흘째 붙들고 있던 터라 머리도 답답했다. 오늘은 반드시 교정지를 정리해 저자에게 보내야 한다. 어떤 문장을 고치고 싶은데 어떻게 고쳐야 할지 난감하다. 무슨 말인지는 알겠는데, 저자의 의도를 그대로 살리면서 좀 더 적확한 단어로 바꾸는 일은 할 때마다 매번 새롭고 어렵다. 잘 풀리지 않을 때에는 괜히 탕비실에 갔다 오기도 한다. 앉아만 있으면 머리가 굴러가지 않는다. 한문장을 붙든 채로 탕비실을 오가는 그 몇 걸음 사이에 생각이 정리되곤 하는데, 그럴 때마다 생각한다. 그래, 역시 움직여야 해.

단어 몇 개를 머릿속으로 굴리면서 탕비실로 가서 간식거리를 기웃거렸다. 대만으로 여행을 다녀온 동료가 색색의 누가와 펑리수를 정수기 위에 올려두었다. 누가 하나를 까서 입에 물고 생각했다. 정말 맛있다. 네스프레소를 한 잔 내리면서 다른 색의 누가 두 개를 주머니에 넣었다. 그리고 커피가 내려지는 것을 멍하니 바라봤다. 커피를 들고 자리에 돌아와 앉으면서 단어 하나를 골라 문장을 고쳤다. 그렇게 하루 종일 이 단어 저 단어를 생각하면서 탕비실로, 화장실로 왔다 갔다 한 끝에 저자에게 교정지를 보낼 수 있었다. 당연히 퇴근 시간은 넘어 있었다.

　내가 편집하는 잡지에는 수십 편의 원고가 실리기 때문에 고작 하나를 끝냈다고 좋아할 일은 아니다. 마감 기간에는 보통 다음 원고가 줄줄이 기다리고 있다. 원고를 넘긴 뒤 한숨은 들리지 않게 한 번, 기지개는 크게 한 번 쭈욱 켰다. 그러고는 다음 원고를 찾는데, 원고가 없다! 저자 교정 중인 원고들이 아직 돌아오지 않아 운 좋게도 잠깐의 여유가 생긴 것이다. 당장 교정볼 원고는 없고, 오늘은 금요일이고, 어차피 내일도 출근을 해야 하니, 그렇다면? 퇴근인가! 9시가 다 되어가고 있었다. 머릿속이 바쁘게 움직였다. 가방을 한번 슥 보았다. 아침에 (금요일의 습관으로) 원피스 한 벌과 구두 한 켤레를 챙긴 내가 그렇게 대견할 수가 없었다.

　버스를 탈 시간적 여유도 없었지만 정류장까지 걸어갈 기운도 남아 있지 않았다. 회사가 있는 망원역에서 스윙 바가 있는 신촌까지는 시간과 마음만 있다면 걸어서도 갈 수 있지만 퇴근 등록을 하고 나니

일분일초가 아까웠다. 바에 최대한 빨리 가야 한다. 조금이라도 더 춤을 추려면! 머릿속엔 오로지 그 생각뿐이었다. 얼른 스윙 바로 가서 음악을 듣고, 그 음악에 몸을 움직이고 싶었다. 회사를 나서자마자 바로 택시를 잡아탔다. "기사님, 산울림소극장 쪽으로 가주세요." 최대한 목적지 가까이 내려 바를 향해 빠르게 걸었다. 바에 다가갈수록 음악 소리가 조금씩 커졌다. 금요일의 행복, '해피 바'의 하늘색 대문이 나를 기다리고 있다.

스윙 바의 문을 열 때마다 새로운 세계가 열리는 기분이다. 나는 블랙홀에 빠져들듯 그 안으로 빨려 들어간다. 그 안에 있는 사람들도 이 세상 사람들이 아닌 느낌이다. 우연히 길거리에서, 지하철에서, 일터에서 마주치는 댄서들이 너무나 평범한 모습이어서 화들짝 놀란 경험이 얼마나 많은지를 생각하면, 바 안의 세상과 현실의 간극은 그다지 생경한 것도 아니다. 문이 열리는 크기만큼 음악 소리가 새어 나올 것이다. 나는 현실과의 틈을 크게 벌리고 싶어 문을 한 번에 확 열어젖혔다.

흥겨운 재즈 음악이 바를 가득 울리고 백 명이 넘는 사람들이 스윙을 추고 있다. 빅 조 터너의 〈You're Driving Me Crazy〉가 흘러나오고 있다.

"Say you, driving me crazy. / What did I do, what did I do to you?" 가슴이 쿵쾅거린다. 반가운 얼굴들이 웃음을 건넨다. 손을 들어 보이기도 하고 등을 토닥이며 짧은 인사를 건넨다. 나는 신발을 스윙화로 갈아 신고 곧장 탈의실로 향했다. 오늘 챙겨 나온 옷은 잔잔한 도트 무늬가 보일 듯 말 듯 하게 펼쳐져 있는 검정색 빈티지 원피스다. 거기에 금장 여밈으로 된 빨간색 벨트를 찰 것이다. 아침에 출근할 때 빨간색 립스틱을 바르면서 빨간색 벨트도 가방에 던져 넣은 것은 신의 한 수였다. 나는 빠르게 옷을 갈아입고 바 뒤쪽의 거울 앞으로 가서 몸을 풀었다. 옷을 갈아입는 사이 노래는 루이 암스트롱의 〈A Kiss to Build a Dream On〉으로 바뀌어 있었다. 좀 느린 곡이라 잘 추기는 힘들어도 춤출 꿈에 부풀어 몸을 풀기에는 더없이 훌륭하다.

오늘 같은 금요일에는 발 디딜 틈이 없을 만큼 바가 꽉 찬다. 일주일 동안 열심히 일했으니 오늘 밤은 즐겨야 한다. 두 팔을 뻗어 몸을 길게 펴주고, 한쪽 다리씩 뒤로 접어가며 허벅지의 근육도 늘려준다. 손목과 발목을 돌리면서 음악에 슬슬 장단을 맞추기 시작한다. 내 몸에 시동을 걸면서 거울에 비친 사람들을 바라본다. 회사에서는 짓지 않을 법한 표정으로 음악과 춤에 몰두하는 댄서들이 더없이 사랑스럽다. 지금 추고 있는 춤동작이 너무 재미있어서 빵 하고 터뜨리는 웃음에는 어떤 가식도 없다. 친한 사람과 춤을 추면서 서로 장난을 치느라 개구쟁이 같은 표정을 짓는 댄서들에게서 어떤 직함도 읽어낼 수 없다. 음악에 푹 빠져 자못 과장된 표정으로 춤을 추는 사람들을 보며 나도 저들처럼 오늘을 얼마나 기다렸는지 다시금 깨닫는다. 노래 한 곡이 또 끝나간다. 새로운 곡이 시작되면 나도 이제 저 댄서들 속으로 들어가는 거다. 거기에 김선영 팀장은 없을 것이다.

샘 쿡의 〈Shake, Rattle and Roll〉이 시작되었다. 첫 번째 음악으로 딱이다. "Get out of that bed, go wash your face and hands." 나도 시작해볼까? 춤을 출 때 첫 곡과 마지막 곡은 무척이나 중요하다. 대체로 첫 곡은 그날의 춤을 좌우하고 마지막 곡은 남은 하루를 좌우한다. 그래서 웬만하면 무난한 곡으로 시작해 최대한 좋아하는 노래로 끝내려고 남몰래 노력하는 편이다. 어떤 강렬한 경험은 그다음 스윙 바에 올 때까지의 기분을 좌우하기도 하는데, 일반적으로 마지막의 기억이 오래 남아서인지 특히나 마지막 곡에 의미를 두게 된다.

그래서 그만 추고 나갈 때가 되었지만 왠지 마지막에 맞춤한 기분이 들지 않으면 (쿨하지 못하게) 굳이 미적미적 몇 곡을 더 추기도 하고, 반대로 무척 좋은 노래에 꽤 만족스러운 춤을 추었다면 그 곡을 끝으로 황급히 바를 나서기도 한다. 서너 곡 정도 더 출 시간과 체력이 되어도 (갑자기 세상 쿨한 사람이 되어) 가방을 챙겨 탈의실로 직행하는데, 그 마지막 춤의 기분을 최대한 간직했다가 다음번에 그 기억을 안고 다시 스윙 바에 들어서고 싶기 때문이다. 이것은 거창하게 말하자면 스윙의 재미를 한결같이 유지하고 연장시키기 위한 나름의 비결이기도 하다.

그렇다면 어떤 춤이 나를 다시 스윙 바로 이끄는 마지막 춤이 될 수 있는가. 유난히 음악에 몸이 딱 들어맞는다는 느낌이 들 때가 있긴 하다. 하지만 그걸로는 충분하지 않다. 그런 느낌은 딱히 춤 실력과 비례하는 것 같지도 않다. 마지막 춤이 될 요건 중 단 하나를 꼽자면 '재미'다. 재미가 있어야 한다. 추면서 절로 흥이 오르고 웃음이 나야 한다. 쉬울 것 같지만 어렵다. 이때의 재미는 타협하지 않은 재미여야 하기 때문이다. 회사 일이 재미있다면 매일매일 회사로 달려갈 것이다. 물론 그럴 수 있다. 하지만 월급을 버는 일이 재미까지 있기란 얼마나 어려운가. 스윙 바에

가듯 회사에 가고는 싶지만 출근하듯 바에 가고 싶지
는 않다.

첫 춤을 성공적으로 시작한 탓인지 첫 곡의 제
목대로 어느새 두 시간 가까이 마음대로 몸을 흔들
고, 요란하게 소리도 내고, 바 여기저기를 다 휘젓고
다녔다. 사라 본의 〈I Could Write a Book〉에 맞춰
다행스럽게도 오늘의 마지막 춤까지 성공적으로 추
었다. "And the simple secret of the plot/ is just to
tell them that I love you a lot." 마지막 곡을 흥얼거
리며 다시 옷을 갈아입는다. 몸과 마음이, 무엇보다
머리가 개운해진 걸 느낀다. 나는 또다시 스윙을 추
러 바에 올 것이다. 재밌어서, 재밌으려고! 이 넘치는
사랑을 마음껏 고백하려고!

그러니까 이건, 운명인가

스윙을 처음 시작한 것은 2002년 늦은 여름이었다. 대학교 3학년, 나는 너무나 무료했다. 2년 동안의 대학 생활은 시시하고 재미없었다. 명백히 그것은 내가 아무것도 하지 않았기 때문일 것이다. 대학에 입학해서 2년 동안 한 것이라고는 과외와 고민, 이 두 가지였으니까. 과외는 생존을 위해 했고, 고민은 생존이 두려워서 했다. 당연히 어느 것에도 결실은 없었다. 3학년을 앞두고 휴학을 할까도 했지만 과외를 다니고 이것저것을 고민하다 그것마저 타이밍을 놓쳤다. 친구들은 어학연수도 가고 연애도 하고 동아리 활동도 열심히 하는데, 나는 잘하는 것도 없고 하고 싶은 것도 없었다.

사실 대학에 들어가서 적잖은 충격을 받았다. 대학에서 만난 동기들은 이미 입학 전에 영화도 많이 보고, 책도 많이 읽고, 음악도 많이 들었는데 나는 왜 아무것도 아는 게 없는지 의아했다. 나랑 동갑의 친구들이 나처럼 중고등학교에 다니면서 그 모든 걸 했다는 게, 그런 걸 할 시간이 있었다는 게, 무엇보다 그럴 마음을 먹었다는 게, 그러니까 하고 싶은 게 있었다는 게 신기했다. 분명 나도 공부만 하지는 않았을 텐데, 뭘 하고 살았던가 후회스러웠다. 그리고 그 후회를 대학교 입학 이후 길게 했다. 입시를 벗어나 공부하는 법도, 생산적으로 노는 법도 모르는 채로. 그러니까 아무것도 안 하고, 못 하는 채로.

그나마 2학년 겨울방학은 조금 특별했다. 과외와 고민 외에 몰두한 것이 있었는데, 컴퓨터 기본 프로그램에 깔린 '지뢰찾기'였다. 마지막에 남은 둘 중 한 칸에 운명의 깃발을 꽂아야 하는 순간의 짜릿함이 유일한 삶의 낙이던 때였다. 나는 마우스를 쥔 오른손의 손목에 쥐가 날 정도로 지뢰를 찾았다. 50 대 50의 확률에서 나는 늘 반은 이기고 반은 졌다.

그렇게 3학년 개강을 하고 나는 멍한 얼굴로 지하철에 올랐다. 또 이렇게 열심히 학교에 다니는 건가. 초중고 12년 개근상을 탄 지독한 성실함으로 이미 지난 2년을 땡땡이 한번 치지 않고, 그것도 왕복 네 시간의 거리를 매일같이 통학한 건 어느 순간 내게 자랑이 아니라 은밀한 치욕이 되어 있었다. 여전히 아무것도 달라진 게 없었다. 개강을 한 날도 나는 과외를 갈 것이고, 오가는 지하철 안에서 쓸데없는 생각에 빠져 있을 테니까. 차라리 자리에 앉으면 잠이라도 잘 텐데, 그러면 생각이라는 것도 하지 않을 수 있을 텐데, 주 3일 0교시로 고정된 전공 필수 과목 때문에 출퇴근 시간과 겹치는 통학 시간은 그런 자비조차도 쉽게 베풀지 않았다. 아무것도 한 것이 없으므로 나는 머리가 올리브색이 된 것 말고는(개강을 앞두고 분명 갈색으로 염색을 했는데 '염색에 실패한 빨강머리 앤'처럼 녹색 머리가 되어버렸다) 아무것도 변한 것 없이 학교에 갔다.

내게 3월은 여전히 춥기는 해도 분명 겨울이 아닌 봄이었다. 그래서 봄 학기 개강 때에는 아무리 추워도 코트가 아닌 카디건이나 청재킷을 입고 학교에 갔다. 겨울에 헤어진 친구들을 '내 기준' 봄날에 본다니 반가웠다. 어쩌면 한 계절을 보내고 새로운 계절에 친구들을 다시 만난다는 설렘이라도 쥐어짰던 것 같기도 하다. 다들 예전과 달라진 것 같았다. 어디어디로 배낭여행을 갔다 왔다는 친구들 얘기를 들었지만 딱히 부럽지는 않았다. 그렇다고 내가 방학 내내 지뢰를 찾았다고 말하지는 못했다(그게 자랑할 만한 일이 아니었다는 걸 그때도 알긴 알았다).

그렇게 문과대 앞에서 오돌오돌 떨며(나는 카디건을 입었으니까) 선배, 후배, 동기들과 인사를 나누다가 문과대 학생회장이었던 선배를 만났다. 선배의 긴 생머리는 파마머리로 바뀌어 있었다. 예쁘다는 호들갑에 선배는 집 앞 미용실에서 2만 원을 주고 파마를 했다고 했다. 선배가 굳이 그런 것까지 말했던 건 자격지심이 아닌 자신감에서였을 것이다. 선배의 그런 당당함이 멋있어 보이고 좋았다. 역시 스타일은 돈이 아니라 자신감의 문제라는 걸 다시금 곱씹었다. 게다가 선배는 전보다 조금 가볍고 단단해 보였다. 학생회장 임기를 마치고 홀가분해져서일까 생각했는데, 선배는 방학 때 춤을 배웠다고 했다. 선배가 〈바위처럼〉 같은 민중가요에 '율동'을 하는 것만 보아온 나로서는 의아했다. 방학에도 율동을 했다고?

선배는 살사를 배웠다고 했다. 포털사이트 다음 카페의 동호회 활동이 왕성하던 시절이었다. 춤을 배울 수 있는 동호회가 있다는 걸 선배를 통해 처음 알았다. 나는 진정 지뢰 외에는 아무것도 찾지(검색하지) 않았던 것이다. 뭘 하고 놀아야 하는지, 어떻게 놀아야 하는지 알려주는 사람도 없었다. 지금에 와서 생각해보니 지뢰를 찾으라고 말해준 사람도 없었는데, 나의 자발적인 지뢰찾기는 어떻게 시작된 건지 갑자기 궁금해진다.

새내기새로배움터. 요즘도 이런 게 있는지 모르겠다. 세대 차이가 나는 단어라면 어쩔 수 없이, 그리고 기꺼이 그 부끄러움을 감수하겠다. '새터'에서 내가 유일하게 즐거워했던 게 민중가요에 맞춰 하는 율동이었으므로 나는 자연히 궁금해졌다. 율동이 아닌 다른 춤이 있다고요? 그걸 공짜로 배울 수 있다고요? 어떻게 배우면 되나요? 얼마나 배우면 선배처럼 즐길 정도의 실력이 되나요?

분명 귀찮았을 텐데 선배는 내게 이것저것 방법을 알려주었다. 선배가 속한 살사 동호회에 들어오라고도 했다. '동아리'가 아닌 '동호회'라는 말이, 히읗이 두 개 겹친 그 발음이 꽤 싱그럽게 들렸다. 그래 살사를 하자! 뭔지는 모르겠지만 저렇게 멋있는 언니가하니까, 그리고 선배가 전보다 더 자신감 넘치고 예뻐졌으니까 나도 하자! 생각했다. 그 후로 나는 다음 카페의 동호회 이곳저곳에 드나들며 지뢰보다 생산적인 것을 찾기 시작했다. 학기 중에는 과외를 해야 하니까, 방학이 시작되면 살사를 시작할 요량이었다.

학기 내내 나는 이리 기웃, 저리 기웃 살사 사이트를 찾아봤다. 그런데 올라오는 사진을 보니 자신감이 뚝 떨어졌다. 평생 민소매 옷을 입어본 적이 없는 나로서는 얇은 한 줄 끈으로 된 톱에 타이트한 스커트를 입고 춤을 추는 게 무척이나 부담스럽게 느껴졌다. 그러니까 순전히 옷 때문이었다. 아니, 그 옷을 입어야 하는 나의 팔뚝 때문이었는지도 모른다. 지금은 이런 생각 자체가 말이 안 된다고 생각하지만 당시의 나는 팔뚝과 겨드랑이를 내보이는 걸 세상에서 가장 두려운 일로 여겼다. 춤이 문제가 아니라 옷이 문제였고, 그 옷을 입는 내 몸이 문제라고 느꼈다. 옷이 아니라 내 몸이 문제라고 느끼는 내가 문제라고 아무도 얘기해주지 않았다.

나는 다른 춤을 찾아야 했다. 그러니까 팔뚝을 가릴 수 있는 옷을 입는 춤 말이다. 무슨 춤인지는 알 수 없지만 율동이 아닌 진짜 춤, 하지만 소매가 있는 옷을 입고 추는 그런 춤이 필요했다(만약 그때 내가 봤던 사진의 살사 댄서들이 긴소매 옷을 입고 있었다면 나는 살사를 배웠을까). 사실 대부분의 춤에서 기본 동작을 배우고 연습을 할 때 옷소매의 길이 따위는 전혀 중요하지 않다. 그저 본인이 입고 싶은 걸 입으면 되고, 뭘 입든 전혀 상관이 없다. 하지만 춤에 대한 아무런 배경지식도, 자신감도 없던 내게 공연 사진이 전해주는 정보란 압도적인 것이었다. 화려하고 타이트한 살사의 공연복을 입을 자신이 없었다. 기본 스텝도 배우지 않고 공연복을 입는 상상부터 했던 것이다. 나는 살사가 아닌 다른 춤, 더 정확하게는 내 취향과 몸에 어울리는 옷을 입는 춤을 찾아 다음 카페의 여기저기를 돌아다녔다. 지뢰가 아닌 다른 것을 그렇게 열심히 찾기는 처음이었다.

어느새 교정의 벚꽃이 피었다 지고 날씨가 더워지고 있었다. 나는 어디엔가 빨리 깃발을 꽂고 싶었다. 살사가 아닌 방송댄스라도 배울 생각으로 '댄스동호회'를 검색하다가 '스윙'이라는 춤을 처음 알게 되었다. 재즈 음악에 추는 춤이라고 했다. 카페에 올라온 재즈 음악을 몇 곡 들었는데 너무 근사했다. 무슨 춤인지는 몰랐지만 음악 자체가 좋았다. 무엇보다 사진 속 댄서들이 입은 옷이 모두 마음에 들었다. 여자 댄서들은 허리가 잘록한 원피스나 블라우스에 통이 넓은 A라인 스커트를 입었고, 남자 댄서들은 바지에 멜빵을 메고 벙거지 같은 모자를 쓰고 있었다. 더이상 팔뚝과 겨드랑이에 대한 걱정을 하지 않아도 될 것 같았다(만약 그때 내가 봤던 사진의 스윙 댄서들이 민소매 옷을 입고 있었다면 나는 또 다른 춤을 찾았을까. 그러니까 이건, 운명인가).

드디어 마음을 굳혔다. 옷과 음악 외에 티핑포인트가 된 결정적인 이유는, 조금 생뚱맞게도 전공 스트레스 때문이었다. 이국의 언어가 좋다는 순수한 이유로 영어를 전공했지만 영어회화에는 늘 자신이 없던 사람으로서 '살-사'[saːlsə]보다는 '스윙'[swɪŋ]이라는 발음이 좋았다. 혀끝을 윗니 안쪽 가까이 붙여야 하는 [l] 사운드를 억지스럽지 않게 제대로 발음하기란 언제나 어려웠으니까.

　　스윙이라는 춤을 알게 된 후 여러 스윙 동호회 카페를 돌아다녔다. 우리나라에 스윙이 들어온 지 얼마 되지 않아 대부분의 동호회가 신생이었다. 주변에 살사를 추는 사람들은 하나둘 늘고 있었지만 스윙 댄스를 추는 사람은 거의 없어서 추천을 받는 것도 불가능했다. 그저 편의대로 여름방학에 강습을 시작하는 동호회를 택할 수밖에 없었다. 학기 중에는 무언가를 시작하기가 괜히 애매한 것 같았고 여름방학이 시작되어야 나도 부담 없이 새로운 시작을 할 수 있을 것 같았다. 누구와도 상의하지 않고, 순전히 나만의 의지와 판단으로 무언가를 결정한 것은 스윙이 처음이었다. 어쩌면 그건 내 생에 다시없을 용기였는지도 모르겠다.

　　그때까지 내가 무언가를 그렇게 은밀하고 대범하게 결정한 적이 없었다. 공강 시간에 노래방에 갈지 빵집에 갈지, 학교 모임이 끝나고 밥을 먹을지 술을 먹을지, 친구를 만나 홍대에 갈지 압구정에 갈지를 정할 때 한 번도 단호하지 못했다. 나는 엠티에 가고 싶은데 나 말고 또 누가 갈까, 난 여길 가고 싶은데 친구는 다른 델 가고 싶으면 어쩌지, 내가 먼저 내 의견을 말해도 될까 주저하느라 별것도 아닌 일들이 늘 조심스러웠다. 하고 싶은 걸 마음껏 하면서 살지 못했기 때문이라고 생각한 적도 있다. 그런 태도가 배려나 양보라는 이름으로 포장되는 줄만 알았지 그게 미덕이 되지는 않는다는 걸 그때는 몰랐기에 내가 원하지 않는 것들을 억지로 하면서 살았(고, 아직도 조금은 그렇)다.

그런 내가 어느 순간 한 스윙 카페 동호회에 회원가입을 하고 있었다. 강습 일정도 방학에 맞춤하고, 동호회 소개 페이지가 요란하지 않은 것도 마음에 들었다. 동호회는 2002년 당시 신사동에 위치한 스윙 바에서 강습과 정모를 했다. 당시 그 주변에는 황량한 느낌으로 가로수가 죽 늘어서 있었는데, 수년이 지난 후 그곳은 '가로수길'로 이름을 날리게 되었다. 집에서 신사역까지는 지하철을 두 번이나 갈아타야 했지만 귀찮은 줄 모르고 다녔다.

동호회 활동은 동아리 활동과는 확연히 달랐다. 아마도 직장인 동호회였기 때문일 것이다. 이십대 후반부터 삼십대 중반이 주를 이룬 동호회 사람들의 다양한 직업군이나 개성이 드러나는 스타일은 폴로 남방에 통 넓은 지오다노 면바지, 루카스 가방에 닥터마틴 구두를 교복처럼 입고 다니는 학교 사람들만 보던 내게 숨통을 틔워주었다. 내 세계가 갑자기 확장되는 기분이었다. 학생인 나를 이십대 초반의 어른으로 대해주는 사람들, 세련된 말투로 나는 잘 모르는 분야의 이야기를 재치 있게 하는 사람들을 만나면서, 알 수 없었던 답답함이 해소되는 것 같았다. 세상이 넓은 것도 알았고 할 일이 많은 것도 알았지만 어떻게 해야 할지 모르던 것들을 어렴풋하게나마 시작할 수 있을 것도 같았다. 그렇게 스윙의 첫 스텝을 내디뎠고, 나는 더 이상 지뢰찾기를 하지 않았다.

깔루아에 관한 구구절절한 설명

스윙을 알게 된 후 나는 한번도 스윙을 (적어도 마음에서는) 떠나보낸 적이 없다. 첫 수업이 있던 날, 그러니까 내가 처음으로 스윙 댄스라는 것을 배웠던 그날이 아직도 이렇게 생생하게 기억나는 걸 보면 나는 스윙을 자주 그리워했던 게 분명하다. 그리우면 생각나고 생각할수록 더 그리워지는데, 그 반복이 끊이지 않는다면 잊히지 않으니까. 소중한 건 그런 거니까.

내가 스윙을 시작한 그해 여름, 대한민국은 월드컵 4강까지 진출하는 기염을 토했다. 전국은 유난히 뜨거운 열정으로 가득 차 있었고, 사람들은 붉은 옷으로 그 열정을 표출했다. 한편으로는 붉은 옷을 입어서 더 뜨거워졌는지도 모르겠지만. 시작이야 어찌 되었든 결과적으로 그 열기는 여름내 이어졌고, 온 국민에게 찾아들었던 알 수 없는 자신감은 내게도 낯설게나마 전해졌다. 나는 그 자신감으로 난생처음 신사동으로 향했다.

처음 갔던 스윙 바는 그 이름도 정직한 '스윙 바'였다. 지하철 3호선 신사역 8번 출구로 나와 죽 걷다가 신사동파출소에서 좌회전을 하면 얼마 안 가 편의점이 보이는데, 거기에서 다시 줍다란 오르막 골목으로 들어서면 골목 위쪽으로 'SWING'이라는 노란색 글씨의 간판이 보였다. 그 건물 지하에 스윙 바가 있었다. 처음 그 지하로 걸어 들어가면서도 내가 뭘 하러 가는 건지 나조차도 알지 못했다.

그때까지 내가 아는 신사동이라곤 주현미의 노래 〈신사동 그 사람〉에 등장하는 비현실적인 느낌의 '신사동'뿐이었는데, 실제로 신사동이라는 곳에 가서 "희미한 불빛 사이로" 지하 바에 내려가는 길, "나도 몰래 사랑을 느끼며" 스윙을 처음 만난 것이다. 낯가림으로 쭈뼛거리면서 수업을 기다리는데, 한낮에 지하의 댄스플로어에 있으니 별세계에 들어선 느낌이었다. 드라마에서 흔히 그려지는 것처럼 카바레에서 춤바람 난 사람이라도 된 듯 스카프로 얼굴을 가려야 하는 거 아닌가 하는 우스운 생각이 들었다. 정말로 그때는 금방이라도 트로트 음악이 흘러나오며 목에 화려한 쁘띠스카프를 두른 제비가 손을 내민대도 전혀 이상하지 않을 것 같았다. 아는 사람 하나 없이 낯선 이 먼 신사동까지 와서 내가 지금 뭘 하려는 거지. 수업이 시작되기 전까지 나는 입도 뻥긋하지 않고 주위를 살피기만 했다.

어색한 기다림 끝에 정해진 시간이 되자 남녀 강사 둘을 둘러싸고 두 개의 큰 원이 만들어졌다. 안쪽 원에는 여자만, 바깥쪽 원에는 남자만 있었다. 남녀가 함께 추는 짝춤이어서 비율을 어느 정도 맞춰 신청을 받은 것 같았다. 짝춤은 보통 춤을 리드하는 역할(리딩)과 그 리딩을 받아 구현해주는 역할(팔로잉)이 나뉘어 있다. 리드를 하면 리더, 리더의 리딩을 받으면 팔로어가 되는 것이다. 요즘은 성별에 상관없이 선호에 따라 리딩이나 팔로잉의 역할을 선택해서 배우지만 당시에는 당연하고도 자연스럽게 남자가 리딩을, 여자가 팔로잉을 배웠다. 그렇게 나는 팔로어의 원에 서 있었고, 그 원을 둘러싸고 리더의 원이 겹쳐졌다. 강사는 리더가 옆으로 한 칸씩 자리를 옮기면서 계속해서 파트너를 바꿔가며(파트너 체인지) 수업을 진행한다고 했다.

드디어 스윙을 추기 위해 앞사람과 손을 마주잡았다. 손을 잡는 것을 '홀딩'이라고 불렀다. 홀딩으로 스윙이 시작된다. 일반적으로 누군가의 손을 잡는 건 가족이나 연인 같은 특별한 관계에서만 허용되는 일이다. 간혹 친구끼리 손을 잡기도 하지만 주로는 어릴 적의 일이고 커가면서는 그마저도 멋쩍어지는 경우가 많아 처음 보는 사람의 손을 잡는 게 영 어색했다. 하지만 나는 이날 처음 어렴풋하게 알게 된 것 같다. 일상에서 손을 잡는 건 그 일상을 특별하게 만들어주는 일이라는 걸. 그렇게 첫 홀딩이 시작되었고 파트너 체인지가 계속되었다. 그날 내가 잡은 남자의 손은 그때까지 평생 잡아본 남자의 손보다 수십 배는 많았다.

　수업은 매주 일요일이었다. 첫 수업이 있던 그 날부터 나는 매주 일요일 예배당에 가는 마음으로 춤을 추러 다녔다. 다만 다른 것은 신이 아니라 내 몸을 믿었다는 것이다. 재즈 음악이 찬양처럼 나를 인도했고, 연습한 만큼 실력이 느는 공평하고 은혜로운 춤의 세계에 대한 믿음도 깊어졌다. 예배당에서 세례명을 얻듯 나는 춤을 추면서 새로운 닉네임을 얻었다. 깔루아. 그렇다. 술 이름이다.

　동호회에서는 본명 대신 닉네임으로 서로를 부른다. 이게 영 어색한 사람은 자신의 이름을 그대로 닉네임으로 쓰기도 하지만 나는 흔하디흔한 내 이름을 바꿀 절호의 기회이기도 해서 흔쾌히 새로운 이름을 찾기로 했다. 대학 동기들이 불러주던, 너무 깜찍해서 지금 밝히기에도 부끄러운 별명이 있기는 했지만 그걸 쓰고 싶진 않았다. 나는 당시에 쓰던 다음 카페 아이디를 쓰기로 했다. 그것은 다름 아닌 'sage'였다. 허브의 한 종류이고 '현명한 사람'을 뜻하기도 하는 영어 단어를 한글 '세이지'로 적고 보니 세련되면서도 날렵한 느낌이 드는 게, 왠지 춤을 잘 추는 사람

같았다. 아주 만족스러웠다. 하지만 새 이름은 뜻밖의 난관에 부딪혔다.

"안녕하세요. 저는 세이지라고 합니다."

"네? 세지?"

"아뇨. 세,이,지요."

"아… 무슨 뜻인가요?"

"아, 그게, 허브의 한 종류인데요, 현명하다는 뜻도 있고…."

너무 구구절절했다. 흔한 영어 이름도 아니어서 바로 알아듣는 사람이 거의 없었고, 닉네임 하나 설명하는 데에 진이 다 빠지는 느낌이었다. 스컬리, 하이디, 미달이, 말썽쟁이, 안다, 잎새 언니들처럼 뭔가 명쾌한 이름이 필요했다. 나는 첫날부터 나를 소개하는 걸 포기했다.

"닉네임이 어떻게 되세요?"

"아, 저, 그게… 닉네임 바꿔야 할 것 같아요. 다시 알려드릴게요."

그즈음 나는 칵테일의 맛을 알아가기 시작했다. 물 탄 생맥주를 물 탄 줄도 모르고 마셔대던 1학년에서, 후배를 둔 선배의 허세스러움으로 버드와이저나 크루저 같은 병맥주를 홀짝이던 2학년을 지나, 동기들은 다 군대 가거나 휴학해서 쓸쓸해하던 친구 몇이 모여 칵테일 한 잔씩을 앞에 두고 오래 수다를 떨던 시절이었다. 고작해야 테이블마다 촛불 하나씩 켜주던 어둑한 카페에 들어가 색소 가득한 칵테일을 하나씩 골라 한 입씩 나눠 마시는 정도였지만 우리는 어른이라도 된 양 자못 심각한 표정으로 만 20년 살아온 인생을 논하곤 했다. 나의 닉네임에 그 시절의 한 장면이 담기게 될 줄 그때는 결코 알 수 없었던, 그야말로 '트웬티섬딩'이었다.

나는 칵테일 입문자의 첫 칵테일이랄 수 있는 '깔루아밀크'의 베이스 리큐어인 멕시코 술 깔루아(Kahlúa)를 닉네임으로 정했다. 커피 맛도 나고 술 맛도 나는 이 술은 다른 음료들과도 꽤 잘 어울리게 섞이고, 개성이 뚜렷한 패키지는 수년 동안 변함없이 한결같은 모습을 지키고 있다. 물론 이런 의미는 나중에 갖다 붙인 것이고, 어쨌거나 당시 나는 깔루아가 가장 매력적인 술이라고 생각했다. 다만 한글 표기를 거센소리인 '칼루아'로 쓰느냐 된소리인 '깔루아'로 쓰느냐가 관건이었는데, 이후 축약 버전인 '깔롸'에서 (매우 드물게) '꽐라'로 이어지는 운명이 당시 '깔루아'를 선택하게 한 것만 같다.

"안녕하세요. 깔루아입니다."

"오! 술이네요!"

"네!"

나는 구구절절한 설명이 필요 없는 닉네임을 갖게 되었다. 그 후로 스윙 신에는 진짜 유명한 '세이지'가 등장했다. 한국의 대표적인 재즈 라이브 밴드인 '세이지 민 스윙텟(Sage Min Swingtet)'을 이끄는 리더로, 그분 덕에 '세이지'는 이제 정말로 별다른 설명이 필요 없는 이름이 되어 있었다. 내가 10년 이상의 공백 후에 스윙 판으로 다시 돌아온 뒤 알게 된 사실이다. 언젠가 세이지 님과 친해진다면 굳이 나의 닉네임 스토리를 들려주고 싶은데, 그분이 재미있게 들어주실지는 장담할 수 없다. 하지만 나는 그 닉네임이 스윙 신에 남아 있는 게 정말로 반가웠다. 보이지 않는 얇은 끈 같은 것이 나를 스윙과 더 멀어지지 않게 이어주고 있었다는 느낌이랄까.

모든 걸음이 춤이 되기를

스윙 댄스는 스윙 음악에 추는 춤이다. 스윙 음악은 1930년대 화려한 빅밴드가 등장하면서 인기를 끌었던 재즈 음악의 한 종류다. 네이버 지식백과에 '스윙'을 검색하면 한 줄 소개가 나오는데, 나는 이 설명이 꽤나 마음에 든다. "어둠의 시기 사람들을 춤추게 하다." 1929년에 시작된 대공황으로 침체된 경기가 1930년대 중반부터 차츰 살아나면서 사람들은 다시 활기를 찾았고 이때 등장한 재즈 연주 스타일인 스윙 음악이 인기를 끌었다. 이 음악에 맞춰 사람들은 몸을 흔들거렸을(swing) 것이고, 스윙 음악을 즐기기 위한 스윙 댄스도 번성했다. 스윙 댄스의 종류에는 지터벅(jitterbug), 린디합(lindy hop), 블루스(blues), 부기우기(boogie woogie), 발보아(balboa), 섀그(shag) 등이 있다. 내가 주로 추는 스윙 댄스는 린디합이다.

외국에서는 린디합으로 처음 스윙을 배우기도 하지만 동호회를 기반으로 한 한국에서의 스윙 커리큘럼은 보통 지터벅을 먼저 배운 후 린디합으로 넘어가는 것으로 짜여 있다. 그 후 기호에 따라 발보아도 배우고 블루스도 배운다. 따라서 내 스윙의 시작도 지터벅이었다. 흔히 한국의 한 사교댄스인 '지르박'을 지터벅이라고 오해하기도 하는데, 둘은 전혀 다른 춤이다. 지르박의 기원에 대해서는 한국전쟁 때 소개된 지터벅의 한국식 변형이라는 등 여러 설이 있지만 시작은 같았을지언정 둘은 기본 스텝부터 완전히 다른 춤이 되었다.

'스텝, 스텝, 락스텝.' 한 스텝당 2카운트에 해당하는 이 6카운트 스텝이 지터벅의 기본 스텝이다. 팔로어를 기준으로 설명하자면, 리더와 마주 선 상태에서 오른발에 무게중심을 두고 첫 번째 '스텝'(오른발 2카운트), 그 자리에서 그대로 왼발로 무게중심을 옮겨 두 번째 '스텝'(왼발 2카운트), 이번엔 오른발을 뒤로 밟고 왼발로 무게중심을 다시 옮기며 마지막 '락스텝'(오른발 왼발 각각 1카운트씩)을 밟는다. 이어서 오른발을 다시 첫 번째 자리에 두면서 오른발부터 새로운 '스텝, 스텝, 락스텝'이 시작된다. 맞은편에 선 리더의 발은 그러니까 반대가 된다. 마주 선 리더와 팔로어가 이대로 계속 스텝을 밟기만 해도 그럴싸했다. 오른발과 왼발만 엉키지 않으면 이 스텝으로 턴이든 자리 이동이든 안정적으로 출 수 있다.

지터벅의 기본 스텝을 밟아본 사람이라면 알 것이다. 처음 배운 날로부터 적어도 일주일 동안은 어디에서나 쉼 없이 그 스텝을 밟게 된다는 걸. 스윙을 처음 배웠던 그날, 나는 신사동에서 다시 지하철을 두 번 갈아타고 집으로 돌아가는 동안 환승 지하철을 기다릴 때마다 열심히 스텝을 밟았고, 여러 날 멈출 수 없었다.

춤을 배우기 전까지 나의 '스텝'은 보통 목적이 아닌 수단으로만 쓰였었다. 어디에 가기 위해 걸었고 늦지 않으려고 뛰었지 '걸음을 위한 걸음'을 내딛지는 않았었다. 그런데 이제 이 정해진 스텝에 목적과 의미가 생기는 것이었다. 내가 밟고 있는 이 약속된 스텝은 그 자체로 춤이 되었다. 게다가 한 걸음에 두 박자를 셀 수 있다는 건 다분히 충격적이었고, 그런 여유를 실은 걸음은 그 자체로 꽤 뜻깊게 다가왔다. 내 걸음이 걸음만으로 의미가 있다고, 이 걸음이 만들어내는 춤이 보람 있다고 느껴졌다. 아마도 당시에 내가 마음에 여유가 있고, 한가롭게 산책을 즐기기도 하는 사람이었다면 그렇게까지 감흥이 일지는 않았을 것이다.

그런 스텝이 더욱 벅차게 느껴졌던 순간은 린디합의 스텝을 배웠을 때였다. 린디합의 기본 스텝은 지터벅의 '스텝, 스텝, 락스텝'에서 처음 두 스텝을 트리플로 밟아 '트리플 스텝, 트리플 스텝, 락스텝'이 된다. '트리플 스텝'은 말 그대로 스텝을 세 번 밟으면 된다. 팔로어를 기준으로 첫 번째 '트리플 스텝'은 오른발-왼발-오른발로 빠르게 발을 옮겨 오른발에 무게중심이 실리며 끝나고, 두 번째 '트리플 스텝'은 왼발-오른발-왼발로 발을 바꿔 왼발에 무게중심이 실리며 끝난다. 이어서 지터벅 기본 스텝과 마찬가지로 오른발을 뒤로 옮겼다 왼발로 무게중심을 옮기며 '락스텝'을 밟아주면 된다. 마주 선 리더의 발은 역시 반대가 된다. 린디합은 지터벅보다 발을 더 많이 움직이기 때문에 몸의 중심을 잘 잡아줘야 몸이 흔들리지 않고 안정적으로 춤출 수 있다. 스텝의 횟수가 느는 만큼 조금 느린 곡에도 더 풍부하게 표현할 수 있는 여지가 많아진다.

린디합의 패턴 중 하나인 '스윙 아웃' 스텝을 처음 배운 날의 흥분을 잊을 수가 없다. 린디합의 기본 스텝이 지터벅 기본 스텝처럼 6카운트로 진행된다면, 기본적인 스윙 아웃은 8카운트로 진행된다. '원, 투, 스리 앤 포, 파이브, 식스, 세븐 앤 에잇.' 스윙 아웃을 배운 이후로 계속 되뇌게 되는 이 8카운트는 모든 린디합 패턴을 이해하고 설명하는 기준이 되어준다. 스윙 아웃은 직선운동과 턴이 합쳐져 역동적이다. 팔로어 기준으로 기본 스윙 아웃을 범박하게 설명하자면 '원, 투'에 오른발부터 한 발 한 발 직선 방향으로 나아가고 '스리 앤 포'를 트리플 스텝으로 밟으면서 180도 방향 전환을 한 뒤 몸을 90도로 틀어 왼발로 '파이브' 전진, 다시 90도로 몸을 돌려 오른발로 '식스' 스텝을 밟으면서 처음 섰던 자리로 돌아와 '세븐 앤 에잇'을 트리플 스텝으로 마무리한다. 스윙 아웃은 일직선상에서 이루어져야 하므로 마주 선 리더와 팔로어는 반 바퀴씩 몸을 돌릴 때 중심선이 흐트러지지 않도록 거리와 보폭을 잘 지키는 것이 중요하다.

물론 이 직선운동과 방향 전환은 전적으로 리더의 리딩에 달려 있다. 리더가 원 카운트에 당기느냐 투 카운트에 당기느냐에 따라 직선으로 나아가는 타이밍이 결정되고, 각각은 다른 스윙 아웃 패턴이 된다. '세븐 앤 에잇' 카운트에서는 리더와 팔로어 모두가 다채로운 풋워크로 박자를 즐기고 재미를 더하며 스윙 아웃을 다양하게 즐길 수 있다.

기본 패턴을 익힌 팔로어들은 '스위블(swivel)'이라고 불리는 화려하고 근사한 스텝 스타일링을 선보이기도 한다. 개인의 개성이 묻어나는 스타일링을 보다 보면 이 춤의 무궁한 가능성이 느껴지고 저마다의 춤을 만들어내는 댄서들이 소중하게 여겨진다.

팔로어나 리더나 약속된 발로 스텝을 시작하지만, 음악에 몸을 맡기고 리듬에 따라 스타일링을 하다 보면 스텝을 더 밟기도 하고, 줄이기도 한다. 중요한 것은 한 발을 디딘 뒤에는 다른 발을 내려놓으면 된다는 것이다. 이 당연하고도 당연한 원리가 처음 춤을 배울 때는 적용이 되지 않아 자꾸 발이 꼬이고, 그러다 보면 마음도 같이 꼬이게 된다. 마음처럼 몸이 따라주지 않아 좀이 쑤시는 것처럼 답답하고 분통 터지는 순간을 꼭 한 번(때로는 여러 번) 맞이하게 되는데, 이때 포기하지 않고 이 위기를 잘 이겨내는 것이 가장 중요하다. 일주일만 바짝 연습하면 완벽해지고, 며칠만 투자해도 익숙해지고, 몇 시간만 시간을 내도 극복할 수 있다. 그러니 용기를 내자. 무엇보다 포기하지 않는 것이 중요하다.

스윙을 추면서 나는 더 열심히 스텝을 밟고 싶어졌다. 다행히 포기하지 않았다. 저 황홀한 스윙 아웃에 나만의 색깔을 입힐 수 있길 바랐고, 음악을 느끼며 음악이 시키는 대로 걸음을 걷고 싶었다. 어느 한 걸음도 춤이 아닌 순간이 없는 이 스텝을 더 제대로, 더 근사하게 밟고 싶어졌다. 나의 모든 걸음이 춤이 되기를 바랐다.

춤에서의 스텝이 친구나 연인과 손을 잡고 산책할 때의 걸음처럼 자연스러워지는 순간이 오면 비로소 춤을 자유롭게 즐길 수 있게 된다. 그러려면 상대 방과 걷는 속도와 보폭, 강도를 맞추는 것이 필수적이다. 그것은 춤을 출 때 손을 마주 잡고 있으므로 가능해진다. 그래서 스텝만큼 중요한 것이 홀딩이다. 홀딩을 하고 같이 스텝을 밟아야 함께 추는 스윙이 된다. 춤을 시작할 때 준비 자세가 되는 홀딩의 방법에는 오픈 포지션, 클로즈드 포지션, 프롬나드 포지션, 스윗하트 포지션 등 여러 가지가 있다. 그중 가장 기본적인 오픈 포지션은 두 사람이 마주 선 상태에서 팔을 자연스럽게 앞으로 뻗어 한 손, 혹은 두 손을 잡고 서기만 하면 완성된다. 두 몸을 연결해주는 손의 신호로 춤을 출 준비를 하는 것이다.

홀딩을 하고 음악이 시작되면 리듬을 탄다. 이때 음악에 집중하는 것이 무척 중요하다. 음악과 하나 된 춤을 추어야 스윙이 완성되기 때문이다. 빠른 음악엔 빠르게 발장단을 맞추기도 하고 느린 음악엔 몸을 천천히 움직이며 박자를 가늠한다. 그러다 바운스의 높낮이와 강도를 서로에게 맞추며 두 사람의 보폭까지 맞춘 첫 스텝을 내딛는 것이다. 음악을 감각하고 언제 첫 스텝을 내디뎌야 하는지, 이 모든 것이 홀딩을 한 손과 몸을 통해 느껴진다.

춤으로 사람을 만나는 건 꽤 신비로운 경험이

다. 어떤 언어도 필요 없이 춤으로 대화하는 그 순간엔 춤 말고는 아무런 편견이나 선입견도 끼어들지 않는다. 나이나 직업 등 사회적으로 규정지어진 것들도 무의미해진다. 댄서는 오로지 몸으로 말하므로, 댄서로서의 예의와 범절만이 중요해진다. 사람의 성격이 춤에 녹아들어, 춤에 그 사람의 됨됨이가 비치기도 한다. 춤의 실력은 오히려 부차적이다. 갓 춤을 시작한 사람은 서툰 것이 당연하고, 오래 춘 사람은 상대적으로 좀 더 자연스러울 뿐이다. 연습을 많이 한 사람의 실력이 뛰어난 것은 부인할 수 없는 사실이고, 잘못된 춤을 고칠 생각 없이 제멋대로 추는 사람이 불편한 것은 어쩔 수 없다. 나는 좋은 사람이 좋은 글을 쓰듯 좋은 사람이 좋은 댄서가 된다는 것을 굳게 믿지만, 그 믿음이 반대가 될 수 없다는 것도 믿는다. 어찌 되었든 좋은 댄서가 되기 위해서는 좋은 사람이 되기 위해 끊임없이 노력해야 한다.

누군가를 몸으로 먼저 알게 되는 건 그만큼 원초적이어서 아름답기도 하지만 꽤 위험하기도 하다. 춤을 잘 추는 사람은 아름다운 표현이나 고급 어휘를 구사하는 사람처럼 선망의 대상으로 보이지만 실제 대화를 나누거나 친분이 생기면 기대에 미치지 않아 실망하는 경우도 더러 생기기 때문이다. 춤 실력을 권력으로 악용하려는 사람도 있고, 몸으로 느낀 감정을 실제로까지 연장해 적용하다 보면 오해가 빚어지기도 한다. 그 과정에서 마음을 다쳐 좋아하던 춤의 세계를 떠나는 사람들이 생기기도 하는 건 무척 속상한 일이다. 내가 좋아하는 사람들이 스윙을 버리지 않았으면 좋겠다. 그리고 이런 이유 때문은 아니었지만 한번 스윙 신을 떠났던 사람으로서 나는 또다시 어떤 이유로든 스윙과 멀어지고 싶지 않기에 이런 바람은 더욱 간절해진다.

바쁘게, 바빠서, 바쁘니까

그렇다. 나는 한번도 마음에서 스윙을 떠나보낸 적은 없지만 몸은 10년 이상 스윙을 떠나 있었다. 술집 메뉴판에서 깔루아밀크를 보거나 마트 주류 코너에서 깔루아 술병을 볼 때마다 1, 2초 정도 상념에 젖기도 했지만 입 밖으로 무언가를 말하지는 않았다. 그것은 말할 수 없는 것이기도 했다. 마음속 깊은 곳에 그저 어떤 깊은 그리움으로 남아 있을 뿐이었다.

처음 스윙을 시작하고 3년 정도는 활발하게 활동했다. 대학 동기들이 연애로 바빴던 때에 나는 춤을 추느라 바빴다. 춤은 배울수록 더 신이 났고, 직장인 동호회 사람들과 어울리다 보니 학교에서 또래와 노는 게 살짝 시시하게 느껴지기도 했다. 그러니까 나는 직장인도 아니면서 동호회 활동으로 직장인의 세계에 일찍이 뛰어든 셈인데, 막상 대학생에서 진짜 직장인이 되는 일은 꽤 어려웠다. 취업의 문은 동호회 선배들이 바 문을 활짝 열어주듯 쉽게 열리지 않았다. 진로에 대한 고민이 시작되면서 새삼 동호회의 직장인 선배들이 부럽고 대단해 보였다.

당시 동호회에는 여러 직군의 사람들이 있었다. 교사, 디자이너, 물리치료사, 한의사, 건축가, 아나운서, 대기업 직원, 대학원생 등 안정적이고 근사해 보이는 일을 하는 사람들이 많았다. 그중에서도 문과생인 내게 가장 핫해 보이는 직업은 단연 컴퓨터 프로그래머나 웹 디자이너였고, 그 직군의 사람들이 실제로 많기도 했다.

대학생 때 스윙을 시작하고 3년이 지나니 나도 그들처럼 진정한 '직장인'이 되어야 했다. 그런데 사회에 나가서 무슨 일을 해야 할지 막막했다. 전공을 살릴 수는 없는 노릇이었다. 영어를 전공했지만 읽기 쓰기 듣기 말하기 중에 어느 하나 자신 있는 게 없었다(그때 뭐든 하나를 골랐어야 했나). 새로운 기술을 배우기에는 너무 늦었다고 느꼈다(그때 뭐든 시작했어야 했나). 내가 뭘 좋아하는 사람인지, 뭘 잘할 수 있는 사람인지를 고민하느라 많은 시간이 필요했다. 같은 고민을 지금도 하게 될 줄 그때 알았더라면 나는 굳이 스윙을 떠나지 않았을지도 모르겠다.

10년 이상의 공백 후에 다시 돌아온 내게 사람들은 가끔 묻곤 한다. 왜 떠났나. 이렇게 스윙을 좋아하면서 왜 떠났고, 왜 오랫동안 돌아오지 못했나. 선뜻 대답하지 못한 사정은 이러하다. 나는 직장인이 되기 위해 떠났고, 직장인으로 적응하는 데에 시간이 걸렸고, 직장인으로 잘 살기 위해 다시 돌아왔다. 그렇게 하는 데에 시간이 좀 오래 걸렸을 뿐이다. 직장인으로 사는 건 어려운 일이었다. 그 탓에 스윙을 그리워하는 세월이 너무 길어졌다.

　현재의 직장인이 되기 위해 과거의 내가 미래를 걱정하며 한 일을 요약하자면 이것이다. 그러니까 이것은 내가 스윙을 떠나 있던 기간의 일을 압축한 것이기도 하다. 입사시험 준비―입사시험―탈락―탈락―탈락―취업―퇴직―취업―퇴직―취업―부서이동―부서이동. 졸업 후의 진로를 고민하다 대학교 4학년 때부터 언론사에 입사하기 위한 시험 준비를 시작했고, 결과는 참담했다. 결국 언론사 입사를 포기하고 들어간 첫 직장은 첫 직장이어서 떠날 수밖에 없었다. 취업과 퇴직 사이에는 워커홀릭의 고비와 88만 원 세대의 위기를 직접 겪기도 했고, 퇴직과 취업 사이에는 그토록 하기 싫어하던 과외를 어쩔 수 없이 다시 하기도 했다. 개인 통산 세 번째로 입사한 지금의 직장에서는 크고 작은 변화들을 겪으면서도 근속 연수가 늘어가고 있었다.

　돌이켜보니 스윙을 떠나 있는 동안 내게 있었던 일이라곤 '일'뿐이었다. 더 이상 시험만 보고 있을 수 없어 현실과 타협해 취업을 했는데, 그 때문에라도 첫 번째 직장에서 더욱 잘하고 싶었던 것 같다. 내 선택이 떳떳한 것이 되려면 무엇보다 나 스스로가 내 일에 만족해야 했고, 어쩔 수 없이 모범생인 나는 일이 완벽하게 끝나야 성취감을 느꼈다. 누가 시키지 않아도 내 마음에 들게 일이 끝날 때까지 야근을 하고 휴일을 반납하는 일이 많아졌다. 직장 일과 개인적인 약속이 겹치면 늘 개인 일정을 조정했다. 첫 일터는 도서관 건립 사업과 책 관련 문화 사업을 펼치는 시민단체였는데, 전국을 대상으로 활동했기 때문에 지방 출장도 잦았다. 한창 바쁠 때에는 사무실에서 쪽잠을 자고 찜질방에서 씻어가며 연일 야근을 하기도 했다. 집에 가는 것도 버겁던 날들이었다. 하물며 스윙 바에 가는 것은 엄두도 낼 수 없었다.

첫 직장에서 책과 관련된 일을 한 것을 계기로 두 번째 직장에서도 한 국제기구의 한국어판 잡지를 만드는 일을 하게 되었다. 그 일 덕분에 지금의 출판사에도 들어올 수 있었다고 생각한다. 책 모양의 첫 단추를 끼운 탓에 다 같지는 않아도 언제나 책에 둘러싸여 있는 묘하게 비슷한 일들을 하게 되었다. 그리고 나는 첫 직장의 습관으로 모든 직장에서 내내 과로했다(이래서 첫 단추가 중요하다). 취준생 시절에 그토록 바라 마지않던 '직장인'이 되었지만 직장인이 된 이후로 나는 자주 지쳤고 어쩐지 허했고 무언가가 간절해졌다. 이런 마음은 주로 바쁘지 않을 때 찾아

왔다. 그래서 나는 늘 바쁜 편을 택하면서 버텨왔다. 그래서 계속 스윙 바에 갈 마음을 먹지 못했다.

어쩌면 무언가를 새로 시작하는 게 두려웠던 것 같다. 늘 그랬다. 모든 시작이 어려웠다. 그 예전, 스물두 살에 나는 어떻게 스윙을 시작했을까. 아무도 알려주지 않은 춤을 찾아, 처음 가보는 동네로 혼자 가서, 스스로 깔루아가 되었던 스물두 살의 나. 그때의 나는 내가 아닌 것만 같다는 생각을 삼십대 중반을 (바쁘게) 넘어서면서 자주 했다. 삼십대 초반에는 (바빠서) 그런 생각을 조금 했고, 이십대 후반에는 (바쁘니까) 거의 하지 못했다. 삼십대 중반이 되어서야 이십대 중반에 잃어버린 깔루아를 진짜로 찾아봐야겠다는 생각이 든 것인데, 10년 동안 가끔 궁금해하고 그리워만 하다가 갑자기 너무 걱정되었기 때문이다. 김선영이 깔루아를 걱정한 건지, 깔루아가 김선영을 걱정한 건지는 확실하지 않지만, 분명한 건 내가 나를 걱정했다는 것이다.

과거의 나를 결코 미워할 수가 없다

슬럼프였을까. 슬럼프는 언제 오는가. 아니, 슬럼프가 뭔가. 나는 답답할 때 사전을 찾아보는 버릇이 있다. 이건 내가 책 편집자로 일하기 전부터의 습관이다. 설명할 수 없거나 형용할 길이 없는 상황에서 이런저런 형용사와 동사들을 찾다 보면 그 알 수 없고 막막했던 감정이 정리되기도 한다.

사전에는 눈에 보이지 않는 수많은 감정과 마음들이 활자의 힘을 빌려 모습을 드러내고 있다. 하지만 정말로 슬프고 화나고 우울하고 속상할 때에는 사전이고 뭐고 엉엉 울어버리는 게 최고다. 그래서 대체로는 한바탕 울고 난 다음에야 사전을 펼치게 된다. 다만 검색의 시작점이 될 단어(마음)를 찾아내는 일이 늘 어렵기 때문에 그만큼 적확한 단어(마음)를 찾았을 때의 쾌감도 있다. 하물며 슬럼프는 명사가 아닌가. 명사는 명쾌하다. 바로 찾으면 되니까. 국립국어원의 표준국어대사전에 오른 슬럼프의 정의는 이러하다. "슬럼프(slump)「명사」「1」운동 경기 따위에서, 자기 실력을 제대로 발휘하지 못하고 저조한 상태가 길게 계속되는 일. 「2」『경제』경기(景氣)가 향상되지 못하고 제자리에 머물러 있는 현상." 그렇다. 슬럼프였다.

삼십대 중반, 대학을 졸업하고 직장을 다닌 지 어느덧 10년을 넘어서면서 나는 제법 안정된 회사생활을 하고 있었다. 동료 편집자들보다 이 직무를 늦게 시작한 편이었지만 책을 만드는 일이 꽤 즐겁고 적성에도 잘 맞았다. 책의 판권 면에 작게 들어가는 '책임편집'의 이름에 무거움도 느끼지만 한 권의 책을 만들어내는 과정은 매번 소중하고 의미 있었다. 작가와 소통하면서 작품에 대한 의견을 나눌 때, 교정지에 머리를 박고 몇 날 며칠 교정 교열을 보면서 문장을 매만질 때, 제목을 정하고 표지를 고를 때, 종이를 고르고 제작에 들어갈 때, 책을 알리기 위해 홍보를 하고 출간 기념 행사를 할 때, 우연히 다른 사람의 손에 내가 만든 책이 들린 걸 볼 때 늘 가슴이 뛰었다. 기대한 만큼 잘되지 않을 때도 있고, 크고 작은 실수를 할 때도 있고, 내 노력과 상관없이 다른 이유로 마음을 다칠 때도 있었지만, 책을 만드는 매 순간마다 마음을 너무 다한 것이 문제일 정도로 무구한 진심이었다. 책을 만드는 일이 좋아서 더 좋은 편집자가 되고 싶었고, 일을 하면서 만난 좋은 분들 덕분에 더 좋은 사람이 되고 싶었다. 그래서 나는 또 이 일에 최선을 다했다. 그러니까 일 자체에는 슬럼프가 없었다.

다만 나는 내가 누구인지 모르겠다는 생각을 자

주 했다. 아침에 눈을 뜨면 출근을 하고(집에 가만히 있을 수 없으니까), 힘을 내서 멋도 내고(회사 야유회 때 패셔니스타로 뽑힌 적이 있기 때문에 동료들을 실망시키고 싶지 않으니까), 웃으면서 인사를 나누고(안 웃으면 무슨 일 있냐고 자꾸 물으니까), 과하다 싶을 정도로 성실히 일을 했다. 겉으로 보기엔 아무렇지 않았고 오히려 밝고 환했다. 그러다 퇴근하고 집에 돌아가면 아무 말도 하고 싶지 않았고 먹는 것도 귀찮았다. 휴일에는 잠만 자고 싶었다. 현실을 도피하기에 잠만큼 좋은 게 없었다. 자주 울기도 했다. 파주출판단지로 출퇴근하는 차 안에서 엉엉 소리 내어 운 날도 많았다. '자유로 선셋'이 눈부시게 아름다운 날이 많았는데도 나는 자주 오늘이 무슨 요일인지, 몇 월인지, 심지어는 무슨 계절인지 모르겠어서 멍했다. 그 기분이 어떤 단어로 설명될 수 있을지 찾을 힘도 없었다. 피로했다. "피로-하다2(疲勞하다)「형용사」과로로 정신이나 몸이 지쳐 힘들다." 그렇다. 나는 몹시 과로했고, 몸도 마음도 지치고 힘들었다. 일을 빼고 남은 내가 슬럼프였다.

　좋아하는 일이기도, 아니기도 한 일을 하면서 회사를 다니다 문득 무언가가 빠져 있다고 느끼는 순간, 사람들은 그 시기를 어떻게 이겨낼까. 직장인들은 대체로 피로하고, 피로한 직장인들에게 홍삼 말고 다른 것이 필요한 시기가 찾아온다. 어쩌면 나는 다시 스윙 바로 돌아갔을 무렵에야 어엿한(충분히 피로한) '직장인'이 되어 있었던지도 모르겠다.

돌이켜보면 스물두 살에 처음 만난 직장인 동호회 사람들은 과거의 내가 엿볼 수 있었던 미래의 나였을 텐데, 그때는 내가 그렇게 귀한 타임머신을 타고 있는 줄 몰랐다. 「지금 알고 있는 걸 그때도 알았더라면」이라는 킴벌리 커버거의 시가 한창 유행하던 시절이었는데도 미래의 나를 후회하게 만들었다. 하지만 놀랍게도 그 시에 과거의 내가 유일하게 뿌듯해할 만한 대목이 있었으니, 현재의 나는 과거의 나를 결코 미워할 수가 없다. "지금 알고 있는 걸 그때도 알았더라면/ 나는 분명코 춤추는 법을 배웠으리라."(류시화 엮음 『지금 알고 있는 걸 그때도 알았더라면』, 열림원 2014)

의기소침해졌을 때 떠올리게 되는 가장 빛나던 순간, 그것이 내게는 늘 스윙을 추는 깔루아였다. 사회생활 초반까지만 해도 이런 그리움이 커질 때면 동호회 카페에 들어가 글을 남기기도 했지만, 같이 활동하던 사람들도 실연이나 결혼이나 출산으로 하나 둘 스윙을 떠나면서 카페에 아는 사람이 점점 없어졌다. 친하게 지내던 언니 오빠들에게 연락을 하고 싶어도 '010번호통합 정책'으로 바뀐 휴대전화 번호를 알 길이 없었다. 당시에 쓰던 네이트나 엠에스엔 메신저도 쓰지 않은 지 오래되어 연락하는 게 쉽지 않았다. 그저 이따금 술자리에서 친구들에게 '왕년의 깔루아' 시절을 이야기하는 것으로 그리운 마음을 달래는 것이 고작이었다.

해소되지 않는 스트레스를 겪을 때마다 나는 깔루아를 떠올렸다. 한창 스윙이 재밌어지던 2년 차 댄서 깔루아. 언젠가 나는 누가 시키지 않았는데도 자발적으로 나서서 '벙개'를 친 적이 있다. 학교 동아리보다 동호회에 애정이 더 많던 시절이었다. 그때는 문자나 카페 게시글로 그 긴박하다는 벙개를 치고 댓글로 이야기를 주고받았다. 신사동의 스윙 바가 아닌 홍대의 '보니따'라는 곳에서 목요일 스윙 벙개를 즐기던 시절이었다. 보니따는 원래 살사 바인데, 목요일에는 라틴 음악이 아닌 스윙 음악을 틀어주곤 했다. 어느 수요일, 나는 카페에 '보니따 벙개'라는 제목으로 글을 올렸다. "우리 내일 보니따에서 같이 놀아요~ 요즘 기분도 꿀꿀하구… 스윙으로 풀어볼까 합니다~ 많이 와주세요~!" 댓글이 하나둘 달리기 시작했지만 나는 벙개가 망할까 봐 동기 언니 오빠들에게 따로 문자도 돌렸다. 드디어 목요일, 나는 바에 조금 일찍 도착해서 우리 동호회 사람들을 반갑게 맞았다. 처음 치는 벙개라 부담이 있었는데 사람들이 많이 모였다. 마음이 놓였고 신나게 춤을 췄다. 그날 올라온 후기들을 빨리 읽고 싶어서 집으로 서둘러 갔다. "깔루아의 위력을 실감한 벙개…(ㅡㅡ)b", "사람을 끌어모으는 탁월한 능력", "깔루아~ 앞으론… 자주 쳐라~ 벙개…", "앞으론 깔루아가 치는 벙개만 나갈랍니다". 깔루아의 벙개는 성공적이었다.

재즈 음악이 흘러나오는 스윙 바에서도 휴식 시간처럼 다른 음악이 나오는 순간이 있다. 그러면 사람들은 일제히 줄을 맞춰 서서 솔로 스윙 동작으로 구성된 춤을 추는데, 이걸 라인댄스라고 부른다. 보통은 몸의 방향을 동서남북으로 바꿔가며 같은 동작을 반복하곤 한다. 〈Big Apple〉이나 프랭키 매닝의 〈Shim Sham〉같이 전 세계 댄서들이 다 아는 전설의 라인댄스가 있는가 하면, 박진영의 〈허니〉나 울랄라세션과 아이유의 〈애타는 마음〉 같은 가요에 맞춘 국내 라인댄스도 있다. 라인댄스 음악이 나오면 보통 그 춤을 잘 추는 사람이 맨 앞에서 시범을 보이듯 춤을 추는데, 당시엔 좀 더 적극적으로 방향을 바꿀 때마다 사방을 돌며 무리의 앞에 서서 춤을 이끌곤 했다. 새로운 라인댄스가 생기는 만큼 사라지는 라인댄스도 있는데, 그 당시에 지금은 추지 않는 제니퍼 로페즈의 〈Let's Get Loud〉가 나오면 사람들은 깔루아를 찾았다. 처음에는 나도 수줍어하다 어느 순간엔 음악이 나오면 반사적으로 앞으로 달려 나갔다. "Let's get loud/ Let's get loud/ Turn the music up to hear that sound" 노래를 따라 부르며 몸에서 최대한의 섹시함을 끌어내 음악에 맞춰 손과 발을 쫙쫙 뻗는 깔루아. 하지만 아무래도 섹시하지는 않고 귀엽고 씩씩했다.

왕년의 깔루아 일화 중 가장 자주 기억하는 장면은 이것이다. 스트레스에 시달리던 어느 날, 나는 스윙 바로 무작정 달려가 쉬지 않고 춤을 추었다. 일순간 무거웠던 머리가 가벼워졌다. 아무 생각도 나지 않고 음악과 나와 춤만 남는 걸 느꼈던 그 찰나가 지금도 생생하다. 무슨 일로 스트레스를 받았는지는 잘 기억이 나지 않는다. 지하철에서 읽던 책을 내려서도 걸으며 읽다가 동호회 사람을 만나 책을 덮었던 것이 생각난다. 그러다 넘어진다고 웃으면서 말을 건네주던 댄서의 다정한 인사를 받는 순간 나는 평범한 대학생에서 깔루아가 되었다. 댄서의 신분으로 어깨를 펴고 바에 들어가 몸을 풀었다. 그때부터는 음악만 들었고, 음악에 맞춰 춤만 추었다. 몸을 움직이는 일에 눈치를 볼 사람도, 그럴 필요도 없었다. 몸이 슬슬 풀리면서 고수 댄서와 춤을 추게 되었는데, 그날따라 리딩을 척척 잘도 받았다. 스윙을 배운 지 몇 달 되지 않았을 때였다. 늦여름에 스윙을 시작했는데, 그날은 찬 바람이 불던 겨울날로 기억된다. 스트레스라는 것이 사라질 수도 있다는 사실을 그날 처음 알았다. 나는 회사에 다니면서 그날을 종종 떠올리곤 했다. 뒷목이 당기고 머리가 무거워질 때면 그 장면은 좀 더 미화되기도 했다.

어느 날엔가 나는 또 회사 일이 괴로웠고, 사는 게 지루했고, 맛있게 느껴지는 것도 없었을 것이다. 그래서 어쩔 수 없이 술을 먹었을 것이다. 술집에서는 재즈 음악이 흘러나왔을 것이고 나는 또 '깔루아타령'을 하면서 과거의 깔루아를 회상하고 있었을 것이다. 마음속 그리움이 너무 커지면 당장이라도 다시 스윙 바로 돌아갈 것처럼 친구들에게 '다시 춤을 추

겠다'는 괜한 다짐을 하기도 했을 것이다. 아니다. 가
정형이 아니라 사실이 그랬다. 자주 그랬다. 이 지켜
지지 않는 다짐과 깔루아 타령이 나 스스로도 지겨워
질 때쯤 같이 술을 마시던 H가 말했다.

"그럼 나도 같이 배울래!"

다시 춤을 출 수 있을까?

처음엔 농담인 줄 알았다. 춤을 출 것 같은 사람이 아니었기 때문이다. 그때까지 내가 아는 H는 그랬다. 우리는 수년간 같이 (그것도 자주) 술을 (게다가 많이) 마셨지만 어느 정도의 거리감이 있었고, 나는 그 거리감이 싫지는 않았지만 신기하기도 했다. H는 쉽게 곁을 주지 않았는데, H와 친해졌을 때 내가 그녀의 어떤 까다로운 기준을 넘어서게 된 것 같아 뿌듯한 마음이 들기도 했다. H에게 물어본 적은 없지만 만약 그 기준이 뭐였냐고 묻는다면, 왠지 그런 거 없었다고, 웬 또 쓸데없는 질문이냐고 헛웃음을 지어 보일 것만 같다.

그런 H가 같이 춤을 배우겠다고 했다. 그냥 하는 소리라기보다 술 마시고 말할 때, 그 순간에는 정말 그럴 수 있을 것같이 느껴져서 내지르는 '순간의 진심' 정도로 생각했다. 이럴 때 남발하는 약속들을 믿고 헛된 기대를 하는 것은 금물이다. 하지만 또 그런 순간에는 맞장구를 쳐주는 것이 취객끼리의 예의이기도 해서 같이 얘기하다 보니 정말로 스윙 바로 돌아가 다시 스윙을 시작하게 될 것만 같았다. 우리는 춤 얘기를 조금 더 하며 술을 더 많이 마셨다.

다음 날 어지러운 머리와 무거운 몸을 겨우 일으켜 출근을 했다. 그 뒤 며칠이 지나도 스윙을 다시

할 방법을 찾지는 않았다. 여느 때처럼 술 먹을 때나 하는 얘기였다고 생각했고, 내가 실제로 스윙 바로 돌아가리라고는 생각지 않았기 때문이다. 하지만 몇 주가 지나 H가 스윙 수업 등록은 어떻게 하면 되는지 물어 왔을 때 나는 진심으로 놀랐다. H가 빈말하는 것을 극도로 싫어한다는 걸 그때만 해도 알아채지 못했다.

"정말 배우겠다는 거였어?"

"응! 하기로 했잖아요!"

"아… 나는 농담인 줄 알았지."

"바로 시작하면 좋겠는데?"

2016년이 끝나가고 있었다. 올해는 이미 망했으니 새해부터 잘살 궁리를 해야 하는 시기였다. 이 시기에는 스스로에게 관대해지면서 본인의 능력을 과대평가하게 된다. 평생을 못 지킨 다짐도 다 이루고 (가령 영어 공부) 무엇이든 시작하면 성공할 수 있을 것 같은(가령 다이어트) 착각이 든다. 나도 놀라울 것 없이 올해의 계획(영어 공부와 다이어트)은 다 실패한 상태였고, 새해의 보람을 찾아야 했다. 또다시 뻔한 다짐(영어 공부와 다이어트)으로 새해를 시작하고 싶지는 않았다.

정말로 내가 다시 춤을 출 수 있을까? 그날 하루

종일 스윙이 머릿속에서 떠나지 않았다. 정말 다시 스윙을 추게 되는 건가? 린디합 스텝을 처음 배웠을 때 벅차오르던 기분이 생생하게 떠올랐다. 8카운트의 스윙 아웃 스텝을 밟아보았다. 원 투 스리 앤 포, 파이브 식스 세븐 앤 에잇. 스리에서 자연스럽게 발이 방향을 바꿔 턴을 했다. 기억나지 않을 줄 알았는데 몸이 기억하고 있었다.

　　오랜만에 동호회 카페가 있는 다음 포털에 접속했다. 어느 순간 다음의 '한메일'은 왠지 촌스럽게 느껴져서 학교를 졸업할 무렵부터는 네이버 메일을, 한창 일을 할 때는 구글 메일을 썼다. 그렇게 해야 시대의 흐름에 잘 부합하는 사람이 되는 것처럼 느껴졌기 때문이다. 하지만 지금은 여기저기 나뉘어 있는 메일함이 번거롭기만 하다. 지금의 나에게는 오히려 뚝 떨어지는 단어를 아이디로 가진 초기 한메일 사용자나 지금도 '엠팔' 메일을 쓰는 사람이 더 멋스러워 보인다. 무언가 하나를 제대로 골라 고수하기란 얼마나 어려운 일인가. 이런 것들을 생각하며 나는 수년간 방치되어 수천 통의 메일로 꽉 찬 메일함을 경유하여 카페로 들어갔다.

　　스윙을 다시 하기로 마음먹었을 때 당연히 처음

시작했던 곳으로 가야 한다고 생각했다. 다른 대안을 찾는 게 귀찮았기 때문이기도 하지만 무엇보다 '그곳'에 '깔루아'가 있었기 때문이다. 하지만 오랜만에 들어간 카페는 게시판 형식도 달라지고 처음 보는 닉네임들로 가득 채워져 있어 낯설기만 했다. 평소 같았다면 서둘러 창을 닫았겠지만 어쩐지 이번만큼은 여기에서 다시 나가고 싶지 않았다. 나는 마음을 가다듬고 게시판을 하나하나 살폈다. 그리고 새로운 강습생을 모집하는 글을 찾았다. "96기 모집 중." 나는 이 동호회의 6기였다. 신입 회원은 격월로 모집하고 있었고 현재 모집 중인 기수는 나와 90기 차이가 났다. 그만큼 차이가 난다는 사실보다 여전히 이 동호회의 기수가 이어지고 있는 것이 더 신기했다. 96기 수업은 1월부터 시작이었다. 시기도 딱 맞춤했다. 게다가 동호회가 활동하는 바도 그 옛날 신사동에서 집 근처 신촌으로 바뀌어 있었다. 이렇게나 쿵짝이 잘 맞을 일인가. 비로소 새해를 제대로 시작할 수 있겠다는 생각이 들었다.

동호회 정규 강습은 지터벅—린디합 입문—린디합 초중급—린디합 중급 순으로 구성되어 있었고, 각 강습은 두 달간 진행되었다. 4단계의 정규 강습을 마스터하는 데에는 8개월의 시간이 필요했다. 예전에 비해 더 체계적으로 강습이 진행되는 듯했다. H는 스윙이 처음이니까 지터벅부터 시작하면 되지만, 나는 어느 강습을 들어야 할지 고민이 되었다. 그래도 나는 왕년의 깔루아니까, 비록 10년 넘게 쉬었지만 중급 수업 정도는 금방 따라잡을 수 있을 것 같았다. '십 년이면 강산도 변한다'는 말이 그냥 비유적인 표현이 아니었음을 온몸으로 느끼게 될 줄 그때는 미처 몰랐다. 그저 내가 중급을 계속 듣고 있으면 7월에 시작하는 96기의 정규 중급 강습에서 H와 만날 수 있겠군, 정도만 생각했다.

H에게 동호회 카페의 링크를 보내고, 나도 강습 신청을 하기로 했다. 신청 항목을 적는데, 짝사랑하던 사람을 만나러 가는 것처럼 가슴 한가운데가 간지러웠다. 그러다 동호회 기수를 쓰는 칸에서 잠깐 멈칫했다. '6기'라고 적다가 지금의 96기에 비해 너무 오래된 기수여서 갑자기 부끄러운 기분이 들었다. 옛날 기수가 돌아왔다고 사람들이 수군거리려나. 나 혼자 너무 나이 든 사람이면 어떡하지. 나는 '제출하기' 버튼을 누르는 것을 미루고 창을 닫았다.

며칠 뒤 H를 만났다.

"스윙 신청했어요? 나는 신청했어!"

"앗! 했어?"

"응! 하기로 했잖아요!"

"나도 지금 해."

나는 그 자리에서 '제출하기'를 눌렀다.

"하아. 닉네임 정하는 거 은근 고민됐어."

"그래서 뭘로 했어?"

"하링!"

그때부터 하링과 깔루아의 난데없는 스윙 생활이 시작되었다. 마음속에서만 그리던 스윙을 이렇게 갑작스럽게 시작하게 될 줄 몰랐고, 그걸 하링과 함께하게 될 줄은 더더욱 상상하지 못했다. 어쨌거나 하링이 아니었다면 나는 절대 스윙을 다시 시작할 수 없었을 것이다.

우리는 정말로 새해 1월부터 스윙을 배우기 시작해 목표대로 7월에 열리는 중급 수업에서 만날 때까지 매주 일요일 스윙 강습을 들으러 다녔다. 다시금 예배당에 가는 마음으로 매주 일요일 '출빠'(바에 나감)를 했다. 둘이 중급 수업에서 만난 이후로는 각자 다른 수업을 듣기도 하고, 같은 수업을 듣기도 하면서 수강을 이어갔다. 우리는 둘 다 고집스러운 성실함으로 수업에도 거의 빠지지 않았다. 수업이 끝나면 '올출자'(전 수업 출석자)에게 동호회 로고가 박힌 칫솔 치약 세트를 선물로 주는데, 내가 1년 동안 받은 세트는 무려 다섯 개였다. 하링도 아마 세 개 이상은 받았을 것이다.

수업이 없는 주중에는 소셜(강습이 없이 여러 레벨의 댄서들이 한데 모여 자유롭게 춤을 즐기는 시간)을 하러 한두 번 정도 또 출빠를 했다. 소셜을 하면 보통 두세 시간 정도 춤을 추는데, 그러고 나면 온몸에 땀을 흠뻑 흘릴 정도로 운동량이 엄청나다(두 시간 춤을 추면 만 보 이상 걷는 정도의 운동 효과가 있다는 걸 최근 하링의 핏빗(fitbit)을 통해 알게 되었다). 그래서 '퇴빠'(바를 나옴)를 하고 나서는 시원한 맥주를 마시지 않을 수가 없었다. 춤을 추면서 중간중간에 물을 마시는 나와 달리 하링은 맥주를 최대한 맛있게 먹기 위해 물 마시는 걸 참는다. 하링이 생맥주의 첫 모금을 뻘꺽뻘꺽 들이켜고 나서 "아, 시원해!" 하고 내뱉는 소리를 듣는 게 좋다. 내 기준에는 조금 더 시원했으면 싶은 날도 있지만, 하링이 말하는 걸 들으면 그 정도로도 충분히 시원하게 여겨져 맥주의 안분지족을 느끼게 된다. 맥주를 한두 잔 마시면서 춤 얘기, 댄서 얘기, 음악 얘기를 나눌 때 이상하게도 회사 생각은 하나도 나지 않는다.

초반에 우리는 스윙이 뭔지 '잘 알지도 못하면

서' 스윙 후의 맥주 맛을 먼저 알아버렸고, 최대한 시원하고 맛있는 맥주를 찾아 여러 가게를 전전한 끝에 지금의 아지트를 찾아냈다. 바에서 가까워야 하고 (빨리 마셔야 하니까! 게다가 하링은 지금 물도 안 마신 상태이지 않은가) 조용해야 하고(내내 음악과 수많은 사람들로 바글바글하던 바를 벗어나면 고요함이 절실하다) 무엇보다 일요일에 문을 열어야 한다는 까다로운 조건을 모두 충족한 곳이다. 출빠한 후 하도 자주 간 덕에 이제는 문을 열고 들어서면서 "맥주 두 잔요"라고 말하면 직원분이 싱긋 웃어 보인다. "안녕하세요" 인사를 하면서 들어서는 날에는 "맥주 두 잔요?" 하고 말씀해주시기도 한다. 이 담백하고 깔끔한 입장을 즐기기 위해 그곳으로 향하고픈 마음이 들 때도 많다.

　야외에 앉아 있기 좋은 날씨라면, 짧고 귀한 그때를 최대한 즐기기 위해 편의점에서 맥주를 사서 공원으로 가기도 했다. 한바탕 춤을 추고 난 후 경의선 책거리, 양화공원, 호수공원에 앉아 스마트폰으로 재즈 음악을 틀어놓고 맥주를 마시던 순간을 떠올리면 그 밤들에 불던 싱그러운 바람이 다시금 느껴지는 것만 같다. 하링과 스윙을 시작한 지 3년이 지났지만, 여전히 우리가 함께 춤을 추고 출빠 후 맥주 한잔을 마시는 이 장면이 신기하게 느껴질 때가 있다. 하링은 내가 오랫동안 알던 H가 아닌, 내게 분명 새로운 친구였다.

물 한 모금도 맛있게

다시 돌아간 동호회의 문화는 예전과 많이 달라져 있었다. 어쩌면 너무 오래전 일이라 내가 제대로 기억하지 못하는 것일 수도 있다. 아니면 그때는 너무 어렸고 지금은 너무 나이가 들어 예전에 보이지 않고 느끼지 못했던 것을 지금은 오히려 과하게 체감하는지도 모르겠다. 여하튼 새로 스윙을 시작하기 위해서는 갓 입사한 신입 사원처럼 새로운 동호회의 문화를 적극적으로 익힐 수밖에 없었다. 동호회에서 쓰는 용어들도 바뀌거나 새로 생긴 것이 많았다. 지금의 '소셜'도 예전에는 '제너럴 타임'이라고 불렸다. '출빠'나 '퇴빠' 같은 단어도 전엔 없던 것이다.

내가 느낀 가장 큰 차이는 소통 방식이다. 예전에는 카페 게시판에 글을 올리고 거기에 댓글을 다는 방식으로 소통했다. 누가 글을 하나 올리면 그 아래에 'Re:'가 끊임없이 이어지던 시절이었다. 심지어 사람들이 꽤 자주 카페에 드나들어서 댓글로 실시간 소통이 가능할 정도였다. 하지만 이제는 카카오톡이 없으면 동호회 운영이 막막하겠다 싶을 만큼 모든 소통은 단체 카톡방을 통해 이루어진다. 새로 스윙을 시작하면 해당 기수가 모이는 기수방이 생기고, 새로운 강습이 시작되면 강습생과 강사, 도우미로 구성된 강습방이 생긴다. 그 외에도 필요에 따라, 마음 맞는 사람끼리 단톡방을 만들고 그 안에서 소통한다. 공유가 편리하고 사람들이 친하게 뭉칠 수 있다는 장점도 있지만 강습이 많아질수록 방도 늘어나고 원치 않는 방에도 끌려 들어가고 하다 보니 어느 순간 알림으로 뜨는 메시지 수를 견디지 못해 모든 방을 나가고 싶은 순간이 오기도 한다는 단점도 생긴다.

스윙 동호회이기 때문에 당연히 모든 활동은 스윙을 중심에 두고 이뤄지는데, 스윙만큼 중요한 활동을 하나 꼽자면 뒤풀이일 것이다. '출빠 후 맥주'에 대한 열망은 모든 댄서들의 공통된 본능이고, 그걸 얼마나, 어떻게 즐기느냐에 따라 '썬업'(해Sun가 뜰 Up 때까지 술을 마심)까지 갈 수도 있는 것이다. 그리고 이러한 뒤풀이는 철저한 '엔분의 일'로 정산이 된다. 처음 스윙을 시작했을 때 학생이라고 돈 내지 말라고 하거나 '신용카드로' 맛있는 걸 사주던 언니 오빠들의 따뜻함을 기억하던 나로서는 이 정산 방식이 낯설게 느껴지기도 했는데, 지금은 꽤 합리적이라는 생각이 든다. 뒤풀이가 끝나고 카톡에 '정산방'이 열리면 정산자에게 입금을 하고 방을 나가는 방식도 꽤 신선하다. 철저한 성격의 정산 담당자는 누가 술을 마시고 안 마셨는지도 계산해 술값과 안줏값을 나눠 정산하기도 한다(리스펙트!). 안주를 많이 먹지 않는 나로서는 가끔 억울한 마음이 들어 술을 더 마시기도 하는데, 다 부질없는 일이라는 건 나도 모르는 바 아니다.

스윙 후의 뒤풀이는 회사에서 긴 회의나 행사를 한 뒤 갖는 뒤풀이랑은 느낌이 꽤나 달랐다. 후자가 일의 연장이라면 전자는 술빠의 완성태였다. 나는 이 뒤풀이에서 음식에 대한 사람들의 열망과 애정에 놀라움을 느끼는 한편 먹는다는 것의 즐거움에 대해서도 조금씩 생각하게 되었고, 그 즐거움을 즐기는 방식에 대해서도 조금씩 알게 되었다. 그간 내게 음식은 그저 허기를 채우기 위한 수단 정도여서, 무엇을 먹든 크게 중요하지 않았다. 어디에 간 김에 그곳의 맛집에 가는 거지, 맛집에 가기 위해 어딘가를 자발적으로 간 적은 거의 없었다. 맛에 대한 기대나 흥미도 별로 없기 때문에 어느 식당에 가서 음식이 맛없다고 크게 화가 나지도 않았다. 맛이 있으면 당연히 기분이 좋고 다행이지만 굳이 먹는 데에까지 감정적인 에너지를 쓰지 않았다.

원래 그랬던 건 아니다. 성장기 시절에는 나도 먹고 싶은 게 분명 많았을 것이다. 하지만 직장생활을 하면서 원치 않는 음식을 먹어야 하는 순간이 이렇

게나 많을 줄 몰랐다. 배가 고프지 않아도 점심시간
이 되면 자리에서 일어나 함께 식당으로 향하는 일은
자주 버거웠다. 먹는 것까지 노동으로 느껴지는 날이
많았다. 하지만 언제나, 원하지 않는 메뉴라도 직장
상사나 동료가 원하면 군소리하지 않고 흔쾌히 따라
가 '식사 노동'을 했다. 가운데 불을 피우고 함께 끓
여 먹는 김치찌개집에서 나는 늘 참치나 고등어 김치
찌개를 고르고 싶은데, 사람들은 돼지고기 김치찌개
를 시켰다. 그러면 나는 군이 의견을 내지 않고 고기
가 먹고 싶지 않은 날에도 맛있게 '사회적 육식'을 했
다. 어느 회사든 뻔한 인근의 점심 메뉴 안에서 군이
욕심을 부려 메뉴를 고르고 싶지도 않았다. 그러다
보니 먹고 싶지 않은 음식을 감흥 없이 먹었고 끼니를
'때운다'는 느낌으로 먹는 날이 많았다. 허기가 가시
면 그만이었다. 맛있는 게 없었다.

하지만 동호회 뒤풀이를 하면서 이렇게 먹으면
맛있고 저렇게 먹으면 기가 막히다며 먹는 방법을 권
하는 사람들을 유심히 보게 되었다. 처음에는 왜 이
렇게 먹으라고 하나, 저 강권의 자신감은 어디에서
나오는 건가 신기하기도 했다. 물론 순전히 음식에
대한 열정만 있는 사람도 있다. 그런데 본인만 맛있
게 먹는 단순한 식탐에 그치지 않고 맛있는 걸 같이

먹고 싶어 하는 마음은 다름 아닌 어떤 애정에서 비롯한 것이라는 사실을 알게 되었다. 그래서 본인이 생각하는 가장 조화로운 쌈을 만들어서 사람들의 앞접시에 놓아주거나 맛있는 안주를 집어 입에까지 넣어주는 살뜰한 사람들이 언제부턴가 귀엽고 고맙게 느껴졌다.

먹는 일에 흥미가 없던 나를 군침 돌게 만들어준 사람들은 단연 동료 댄서들이었다. 스윙 바 앞 술집 '에따지'에서 생맥주만 시키던 내게 사철 맛있을 수밖에 없는 '제철 하이트(엄청 시원한 온도에 냉장된 하이트 엑스트라 콜드 병맥주)'를 알려준 게릴라 님, 닭발 빼고 다 맛있다는 '이모네 닭발'에서 까르보나라와 소주의 찰떡궁합을 해사한 웃음으로 말해준 빨강구두 님, '나들목'에서 '양은이국수(양은 냄비에 끓인 칼칼한 김치국수)'에 계란찜을 섞어준 왕태 님 등 수많은 댄서들의 레시피는 음식에 대해 한입 먹어볼까 하는 순수한 호기심과 도전 정신을 갖게 했고, 그들이 소개한 비법에 따라 요리를 맛보면서 그 음식들을 '순수하게' 맛있다고 느끼는 내가 스스로도 놀라웠다.

나는 이제 술을 마시다 밤이 깊어지면 가끔 썬업의 성지인 '나주곰탕'을 떠올린다. 언제든 약속한 듯 만취한 댄서들을 만나게 된다고 해서 '약속의 땅'으로 불리는 그곳에서 한밤중에 먹는 매생이떡만둣국이 그리운 날이 있다. 최근엔 쿡쿡 님이 일급 정보를 누설하듯 이곳의 '얼큰곰탕'을 맛있게 먹는 방법을 알려주었다. 1인분을 시키면 뚝배기에 나오지만 2인분 이상을 시키면 냄비째 나오는데, 거기에 밥을 한두 공기 말아서 끓여 먹으면 맛이 기가 막히다는 것이다. 역시나 밥이 걸쭉하게 풀어진 국물 맛은 단연 최고였다. 나는 요즘 '앞집언니'의 '청어알두부'에 빠졌다. 청어알 밑에 깔린 깻잎에 마지막 쌈을 싸서 그 자리의 가장 막내 기수의 입에 넣어주는 둥이언니 님의 내리사랑 쌈을 워낙 옛날 기수인 내가 먹을 날은 오지 않겠지만.

사람들은 꼭 먹으면서 먹는 얘기를 하는데, 그들이 전문가처럼 꿰고 있는 음식별 전국 맛집 얘기를 들으면서 나는 전국의 그 많은 음식점들이 성행할 수 있는 이유를 남몰래 깨닫기도 했다. 어쩌면 먹고사는 일의 시작은 일단 잘 먹는 데 있는데, 내가 그동안 먹고사느라 '먹고' 사는 걸 소홀하게 여겨온 건 아닐까 하는 생각도 들었다. 끼니를 챙기는 일 또한 나를 챙기는 일이라는 걸 알게 되었기 때문이다.

이제 나는 무얼 먹을 때 자주 맛있다고 느낀다.

맛있는 걸 그 순간 충만하게 느끼면서 즐기고 싶어졌다. 물 한 모금도 맛있다는 걸 알기 시작했고, 이제는 목이 마르면 기왕이면 시원하고 좋은 걸로 해갈하고 싶은 사람이 되었다.

내 몸을 내 마음대로

뒤풀이 문화와 맥주의 맛을 익히듯 스윙 댄스를 다시 익히기란 쉽지 않았다. 예전에는 텐션을 중요하게 생각해서 팔의 프레임을 유지하기 위해 좀 더 힘을 주는 방식으로 춤을 추던 것에 비해 지금은 깃털처럼 가볍게 춤을 추는 사람들이 많아졌다. 예전 린디합에서는 모두가 상하 바운스를 기본으로 하는 스텝 위주로만 밟았다면 요즘의 팔로어는 하체의 골반을 좌우로 최대한 틀어 스텝을 만드는 '스위블'로 스타일링을 한껏 살려야 근사해 보인다. 가르치는 사람에 따라 다르기도 하지만 세월의 흐름에 따라 스윙도 어떤 흐름을 지나 있었다.

내가 처음 스윙을 배우던 때는 스윙 인구가 많지 않았기 때문에 시작하고 얼마 지나지 않아 바로 지터벅 강사를 할 수 있었다. 치열한 경쟁을 뚫고 강사가 되는 지금과는 다르게, 어느 정도 실력을 인정받고 동호회 사람들에게 신뢰와 애정을 받으면 '품앗이 강사'가 될 수 있던 시절이었다. 덕분에 나는 동호회의 6기로 들어간 지 6개월 만에 9기의 지터벅 강사를 할 수 있었다. 그 후 18기의 강습도 맡아 두 번이나 지터벅 강습을 했는데, 지금의 치열하고 체계적인 강사 선정 과정을 거쳤다면 어림없었을 일이다.

스윙을 시작하고 이듬해인 2003년의 일이다.

지금은 사라졌지만 당시 장충체육관에서 열렸던 큰 스윙 행사인 '코리아 스윙 페스티벌'에서 동호회 대표로 공연을 했다. 열 개 남짓한 스윙 동호회에서 한 팀씩 공연을 선보였다. 동호회의 스타일을 확실하게 보여줘야 하는 자리여서 카페지기였던 스컬리 님이 직접 선곡하고 안무를 짜며 열정을 쏟아부었다. 그때 공연에서 입었던 밀리터리룩의 의상은 기억이 나는데, 가사에 악어인지 파충류인지가 들어간 아마존 느낌이 물씬 나던 곡의 이름은 기억이 나지 않아 지금도 온몸에 좀이 쑤실 때가 있다. 함께 공연했던 미달이, 잎새, 윈드, 그녀의거울, 헵캣 님들은 그 음악을 기억하고 있을까? 왠지 이 중 두 명은 꼭 기억하고 있을 것만 같다.

당시에는 연습 공간도 마땅치 않아 동호회 수업이 시작하기 전이나 외부 출빠를 했을 때 바의 한쪽 구석에서 연습을 하곤 했는데, 그마저도 구하지 못한 날에는 보라매공원에서 연습을 했다. 날씨도 받쳐주지 않아 비가 그치기를 기다리다 겨우 공원 한쪽에서 공중으로 떠오르는 에어리얼을 연습하던 여름날도 추억에 남아 있다. 나혜석(근대 시기 작가이자 화가인 나혜석과는 다른 인물이다)이 1999년 12월에 보라매 공원에서 강습을 연 것을 한국 스윙의 기원으로 여기기도 한다는 설명을 본 적이 있는데, 우연의 일치였지만 연습실이 없던 당시 3, 4년 사이 스윙 댄서들의 사정이 비슷했던 듯싶어 지금은 슬몃 웃음이 나기도 한다.

하지만 왕년의 깔루아와 다르게 2017년의 깔루아는 린디합의 기본인 '스윙 아웃'조차 제대로 못하는 사람이 되어 있었다. '왕년'은 말 그대로 지나간 시절이었다. 속이 상했다. 남들이 알아주고 못 알아주고는 전혀 중요하지 않았다. 내 몸을 내 마음대로 하지 못하는 내가 싫었다. 아니, 내 몸인데 왜 내 마음대로 되지 않는단 말인가. 스윙을 다시 배우고 한동안은 내내 그 생각만 했다. 어떻게 하면 내 몸을 내 마음대로 움직일 수 있을까. 생각이 많아지니 몸이 더 마음대로 되지 않았다.

문제는 그것이었다. 늘 내 문제는 그것이기도 했다. 생각이 많다는 것. 춤을 제대로 즐기기 위해서는 머리를 비우고 음악에 집중하고 그 음악에 몸을 맡기는 게 중요한데, 나는 반대로 했다. 음악을 듣기 전에 몸에 힘을 줬고 머릿속은 잘하고 싶다는 생각으로 가득 차 있었다. 잘될 리가 없었다. 음악을 몸으로 표현하는 데에는 잘하고 못하고가 따로 없는데, 나는 춤을 추면서 계속 이게 맞나, 내가 잘하고 있나, 틀렸으면 어떡하나만 생각했다. 남들 눈은 중요하지 않다고 생각은 했지만 속마음으로는 잘한다는 소리를 한 번쯤은 꼭 듣고 싶었다. 그런데 아무도 내 춤에 대해 코멘트를 하지 않던 그때, 혼잣말인지 내게 하는 말인지 모를 대사가 날아들었다.

"스윙 아웃이 진짜 이상한데?"

이렇게 저렇게 어떻게

두 달 간의 정규 강습은 대개 6주의 수업과 마지막 주의 졸업공연(졸공)으로 진행된다. 졸공은 수업에서 배운 것들을 점검하고 일주일간의 집중 연습으로 실력을 한 단계 업그레이드할 수 있는 기회이기도 하다. 매일 연습을 해야 하는 일주일이 부담이기도 하지만, 그만큼 성취감도 느낄 수 있고 이 춤이나, 이 동호회(나 파트너)에 애정을 키우게 되기도 한다. 물론 연습하면서 의견 차이로 울고불고 싸우고, 파트너가 맘에 드네 마네 난리를 치는 경우도 있지만 여기에서 그런 얘기는 넣어두도록 하겠다.

졸공 연습을 하는 일주일 동안 동호회 사람들은 간식을 사 들고 공연 연습팀에 '응원'을 하러 간다. 정규 강습의 경우 최소 대여섯 커플에서 많으면 열두 커플까지도 공연을 하는데, 그 멤버들을 다 알지 못해도 응원해주고 싶은 지인이 한두 명만 있으면 기꺼이 가주기도 한다. 안무도 외워지지 않고 몸도 따라주지 않아 지칠 때 두 손에 간식을 들고 친구가 등장하면 그렇게나 반가울 수 없다. 공연팀 사람들에게 어쩐지 으쓱해지는 마음도 들게 된다. 내가 속한 동호회에서는 직접 가지 못할 때에 '맘보탬'이라는 방식으로 간식비 엔분의 일을 같이 해주기도 한다. 시간이 여의치 않을 때 적은 비용으로 마음이 크게 보태지는 썩 괜찮은 방법이라 나도 자주 애용한다. 간식을 먹느라 실제 연습 시간은 얼마 되지 않는 날도 있지만 경조사를 챙겨주는 마음이 전해지듯 시간을 내서 응원을 해주는 사람들의 정성에 힘을 얻게 되고 그 고마움은 오래 기억된다.

두 번째 중급 강습을 마치고 졸공 연습을 할 때였다. 원래 댄서끼리는 지적질을 하지 않고, 모르는 것은 강사에게 묻는 게 원칙이지만, 졸공 연습 때만큼은 공연 멤버끼리 모르는 것들을 편히 묻고 서로 알려주면서 배우는 게 또 하나의 원칙 아닌 원칙이기도 했다. 그런 불문율에 과도한 친절까지 얹어 한 리더가 내게 스윙 아웃을 알려주고 있었다. 린디합의 기본인 스윙 아웃을 강사도 아닌 같은 강습생에게 배운다는 사실만으로도 충분히 자괴감에 빠져 있던 순간이었다. 그런데 그때 옆에서 입을 조금 벌린 채 가느다랗게 눈을 뜨고 나를 뚫어져라 바라보던 팡듀 님이 물음표를 백만 개쯤 띄운 표정으로 말했다.

"스윙 아웃이 진짜 이상한데? 아니, 이렇게 한 다음에 어떻게 이렇게 되는 거지?"

앞선 리더의 지적을 한남의 맨스플레인쯤으로 여기고 정신승리를 하려던 찰나에, 그녀가 이렇게 저렇게 어떻게 저떻게 나를 이해해보려고 애쓰는 소리를 듣게 된 것이다. 그 순간 나는 꼼짝없이 스윙 아웃도 못하는, 린디합의 기본도 제대로 못 갖춘 사람이 되어버렸다. 그런데 그녀의 표정과 말투에서 잘난 척 같은 건 읽을 수 없었다. 오히려 정말 순수한 물음이라 애틋함이 느껴질 정도였다.

그때까지 나는 그녀와 말 한마디도 나눠본 적이 없었다. 나는 그저 그녀를 동호회에서 손꼽히는 미녀로 생각해 자주 쳐다봤을 뿐이었다. 닉네임도 몰랐고, 목소리도 그때 처음 들었다. 친분이 없는 사이에 옆에서 툭, 처음 건넨 말치고 내용이 꽤 셌다. 평소의 나였어도 그렇고, 보통은 그런 얘길 들었을 때 언짢아지면서 기분이 상하는 게 일반적일 텐데, 그 순간 어떤 깨달음이 오려는지 나는 전혀 충격을 받지 않았다. 놀랍게도 꽤 심상하게 받아들였다.

"그럼 어떻게 하면 되는데요?"

그날 연습에서 팡듀와 그 리더는 나를 놓아주질 않았다. 두 사람은 "나도 잘은 못하지만"이라는 단서를 연발하며, 본인들이 잘은 못해도 지금 내가 하고 있는 스윙 아웃이 제대로 된 게 아닌 것 정도는 확실하게 알기에 열성을 다해 설명해주었다. 그것은 마치 의협심과 측은지심이 가득한 (본과도 아닌 예과) 의

대생 둘이 길에 쓰러져 있는 가련한 부상자를 발견해서 병원으로 옮기기 전에 응급처치를 하는 몸부림처럼 느껴지기도 했다. 나는 플로어 위에서 쓰러져 허덕이면서도 강인한 정신력 하나로 버티며 이번 졸공에서 다른 건 몰라도 스윙 아웃은 완성하고 말리라, 다짐했다.

물론 그 졸공이 끝날 때까지도 나의 스윙 아웃은 좀체 나아지지 않았을 것이다. 아주아주 조금 나아졌을 수는 있겠지만 나를 포함한 어느 누구도 그 변화를 느끼지 못했을 수 있다. 워낙 다급하게 행해진 응급처치여서, 정말 공연을 하는 데에 큰 무리가 없을 정도의 치료는 되었다. 하지만 그때부터인 것 같다. 내가 못한다는 걸 담담하게 인정하고 나니 잘 배워서 나아지고 싶었다. 스윙을 다시 시작한 지 넉 달이 조금 안 된 시점이었다. 돌이켜보니 스윙을 다시 시작하고 처음 한두 달은 뭐가 뭔지 모르고 지나갔고, 그다음 두어 달은 재미라는 것이 생기기는 했지만 뭐가 잘하고 뭐가 못하는 건지 구분이 안 될 정도였다. 스윙을 쉬었던 10년이 넘는 시간의 간극을, 앞선 마음과 뒤처진 몸의 간극을 어떻게 인정해야 하는지도 몰랐던 것이다.

다행인 건 다시금 스윙이 재미있어지고, 다시는 스윙을 놓치고 싶지 않아졌다는 것이다. 더 일찍 돌아오지 못한 게 아쉬웠고, 무엇보다 스윙을 떠나 있었던 게 가장 후회스러웠다. 나는 스윙 아웃도, 슈거 푸시도, 오버로테이트도, 스위블도 다시 잘 배우고 싶었다. 그리고 팡듀랑 친해지고 싶었다. 내가 못한다는 얘길 해주는데 기분이 나빠지지 않은 게 신기했기 때문이다.

친구가 이름을 불러주는 건

그 졸공 연습 이후로 스윙 아웃과는 바로 친해지지 못했지만 나의 바람대로 팡듀와는 금방 친해졌다. 팡듀는 이제 내게 더 마음껏 잔소리하는 사람이 되었다. 그럴 때마다 단 한 번도 기분이 나빠본 적이 없다는 게 신기할 따름이다. 가끔은 팡듀가 나보다 나를 더 잘 알고 있는 것만 같다. 이상하게도 그녀가 잔소리를 할 때면 사랑을 많이 받고 자란 사람 특유의 건강함이 내게도 전해지는 것만 같아서 그저 기분 좋게 듣게 된다. 나랑 여섯 살 차이가 나는 팡듀는 언젠가부터 나를 '언니'가 아닌 '깔루아'라고 씩씩하게 불러준다. 그럴 때면 절로 웃음이 나 돌아보게 된다. 팡듀는 내게 더없이 좋은 친구이고, 친구가 이름을 불러주는 건 기분 좋은 일이기 때문이다.

대학생 시절 스윙을 출 때에는 주변에 스윙을 권하지 않았다. 오히려 이 춤이 너무 좋아서 나만의 비밀처럼 간직하고 싶었다. 하지만 스윙을 다시 시작한 후에는 같은 이유로, 그러니까 이 춤이 너무 좋아서 내가 좋아하는 사람들도 이 춤을 함께 춘다면 얼마나 재미있을까, 하는 생각이 들었다. 내가 속한 동호회에서는 매번 새로운 강습을 시작할 때마다 모두가 같이 외친다. "스윙을 선물하세요!" 그래서 나와 하링은 각자의 친구나 우리의 교집합 친구인 모나, 프레, 젤라, 정봉에게도 '스윙을 선물하고' 그들을 이 판으로 끌어들였다. 모나는 지터벅도 다 끝나기 전에 흥미를 잃었고, 프레는 불나방처럼 불사르다 휘리릭 떠나버렸다. 젤라는 마음만큼 체력이 따라주질 않아 가늘고 길게 활동하고 있고, 정봉이는 아직 못 찾은 짝을 여기에서 찾겠다는 확고한 목표를 세운 덕분에 다행히 나와 하링의 좋은 '출빠 후 맥주' 멤버로 남아 있다. 넷이 함께인 날에는 "맥주 네 잔요" 하면서 우리는 아지트로 들어선다.

　나는 동호회 사람들에게 이들을 모두 '친구'라고 소개했다. 이 친구들도 스스로를 '깔루아 친구'라고 말한다. 그러면 사람들은 우리가 모두 동갑이냐고 묻는다. 딱 봐도 그렇게 안 보이기 때문일 것이다. 아니라고 하면 대부분 우리에게 언니네, 누나네, 오빠네, 형이네, 하며 서열을 정리해준다. 그러면서 내가 내 '친구'들 중 가장 연장자임을 상기시킨다. 덕분에 나는 내 나이가 이들보다 많다는 걸 새삼 확인하게 되었다. 오래 알아온 사이였고, 나는 그들보다 한두 살, 혹은 열 살 가까이 많기에 그들에게 편의상 '언니'나 '누나', '선배'로 불렸지만 우리가 만나 웃고 떠들고 술 마시고 얘기하는 동안에는 한번도 '친구'가 아니라고 느껴본 적이 없기 때문이다(친구가 아니었다면 내가 왜 스윙을 선물한단 말인가).

우리는 그때그때 기분이나 분위기에 따라, 때로는 아무 생각 없이, 서로 자연스럽게 반말도 하고 존댓말도 한다. 그냥 상황에 따라 편하게 말할 뿐 꼭 나보다 어리니까 반말, 나이가 많으면 존댓말을 해야 한다는 생각을 별로 하지 않는다. 같이 스윙을 하면서는 더더욱 경칭으로 부를 것도 없었다. 그저 친구로 만나는 거니까 호칭을 크게 의식하지 않았던 것뿐이다.

하지만 동호회 활동을 다시 시작하고는 내가 말을 쉽게 놓지 않으면 '내가 상대방을 불편하게 느낀다고 상대방이 느낄 수도 있다'는 걸 알게 되었다. 삼십대 후반이면 동호회에서는 나이가 많은 축이기 때문에 많은 사람들로부터 말을 놓으라는 얘길 자주 듣는다. 자꾸 편하게 말하라고 하는 게 사실 나는 좀 불편했다. 가만히 두면 알아서 편히 말할 텐데 작정하고 반말부터 하려니 영 말이 안 나오고 어색해지는 일이 많았다. 내가 상대방을 더 좋아할수록 말을 쉽게 못 놓는다고 해도 믿어주질 않았다. 그래서 정말 편하게 반말이 나오기 전까지는 은근히 호칭을 빼거나 말끝을 흐리며 말하곤 한다.

낮을 가리는 성격 때문일 수도, 동호회 활동이 아직도 익숙하지 않기 때문일 수도 있겠지만 나는 그저 우리를 '친구'로 소개할 수 있다면, 내가 그저 그들의 편한 '친구'가 되었으면 좋겠다. 그리고 같이 늙어가며 오래오래 함께 춤을 추면 좋겠다. 댄서에게 나이가 뭐가 그리 중요한가. 우리에겐 춤춘 날보다 춤출 날이 더 많은데!

울고 싶은 마음이 들면

춤을 추면 출수록 춤에 욕심이 생기는 건 어쩔 수 없는 일이다. 나는 내게 새털같이 남은 춤출 날들을, 기왕이면 어제보다 오늘 더 잘 추면서 보내고 싶다. 아직은 내 춤에 스스로 만족하지 못하는 처지이지만 특히나 오래 춤을 춰온 댄서들을 볼 때면 그런 마음은 더욱 강렬해진다. 나는 자주 그들의 춤을 황홀하고도 부러운 눈빛으로 바라보게 된다. 바에서 신나게, 화려하게, 완벽하게 춤을 추는 댄서들은 무척이나 근사하고, 멋있고, 아름답다. 그들의 춤을 볼 때면 세상의 온갖 빛나는 수식어를 다 갖다 붙여주고 싶은 마음이 든다. 오랜 세월 춤을 춰온 사람의 몸에 새겨진 춤의 기록을 찾아 읽는 일이 경이롭게 느껴진다. 그러니 내 몸에도 쌓이고 있을 춤의 인장을 기왕이면 좋은 걸로 새기고 싶은 것이다.

자기만의 춤의 세계를 개척한 댄서들의 춤에는 각자의 장기가 살아나는 패턴이 있다. 그리고 그들은 그것을 한껏 살려 춤을 즐긴다. 우아하게 추는 사람, 박력 있게 추는 사람, 얌전하게 추는 사람, 주목을 끌면서 추는 사람, 진지한 얼굴로 추는 사람, 장난을 치면서 추는 사람, 노래를 따라 부르면서 추는 사람 등 저마다의 개성이 강렬하다. 그들과 춤을 출 때면 그가 어떤 시그니처를 내게도 선보여주기를 은근히 기대하게 된다. 그들이 자신만의 고유한 개성을 한껏 드러내는 순간은 분명 신나는 순간일 테고, 나와 지금 춤을 추는 이 순간이 그러하다는 방증일 테니까.

그들은 고수다. 공통적으로 그들은 자신감이 넘치고 여유가 있다. 아무리 빠른 음악에서도 그들의 자세는 안정되어 있고 표정은 평안하다. 단순히 스윙을 오래 췄다고, 큰 대회에 나가 상을 탔다거나 유명한 강사라고 무턱대고 고수로 추켜세우고 싶지 않다. 내가 생각하는 진정한 고수는 상대방마저 잘 춘다고 느끼게 해주는 댄서다. 상대방의 실력을 감안한 리딩이나 팔로잉을 하기 때문일 텐데, 그것은 초보 댄서라도 주눅 들지 않도록 배려해주기 때문에 가능하다. 그래서 그들과 함께 춤을 추고 나면 즐거움과 뿌듯함을 한가득 품게 된다. 자신감이 깃든 배려는 상대에게 고스란히 전해지게 마련이다. 이런 매너는 무엇보다 홀딩을 하면서 리더와 팔로어 사이에 강하게 전달이 되지만, 리더가 리더를, 팔로어가 팔로어를 볼 때 귀감이 되어주기도 한다.

내게도 귀감이 되고 선망되는 팔로어가 여럿 있다. 그들의 팔로잉은 한번 보면 나도 모르게 계속 넋을 놓고 바라보게 되는데, 가끔은 무례하게 느껴질 수 있겠다 싶을 정도로 눈을 떼지 못하는 경우도 있다. 그들이 과하게 멋진 탓에 나로서는 안 볼 도리가 없다. 바에 좋아하는 팔로어들이 늘어나는 일이 개인적으로 무척 즐겁다. 처음에는 독보적으로 잘 추는 이들만 눈에 들어오다가, 춤을 바라보는 나의 눈이 달라지면서 새롭게 발견하게 되는 팔로어들도 생겨났다. 시간이 지날수록 눈빛이 더 빛나고 동작에 자신감이 붙는 팔로어들을 볼 때면 괜스레 나도 절로 뿌듯해지고, 얼른 그 대열에 합류하고 싶어 두 손을 꼭 모으고 바라보게 된다.

내 오랜 선망의 대상. 스윙 바에서 춤을 추는 그녀를 처음 보았을 때 나는 멀리서 발뒤꿈치를 들고 고개를 이리저리 옮겨가며 그녀를 좇았다. 그 후로 지금까지도 매번 눈을 뗄 수 없게 만드는 댄서, 바로 '빨강구두' 님이다. 안데르센의 〈빨강 구두〉는 잔혹하지만 바에 있는 빨강구두는 매혹적이다. 나는 강습을 들을 때에는 그녀를 '구두 샘'이라고 부르고, 강습이 끝나고 바에서 만나면 '구두 언니'라고 부른다. 그녀는 내게 까르보나라와 소주의 환상적인 조합만이 아니라 스윙의 환상적인 조합에 대해서도 큰 가르침을 주었다. 나는 그녀를 보면서 스윙을 즐기는 태도와 자세에 대해 많이 생각했다. 그리고 그녀를 통해 춤과 음악과 댄서가 어우러져야 조화로운 하나의 스윙으로 거듭날 수 있다는 것을 알게 되었다.

그녀의 린디합은 자주 보아도 질리지 않고, 그녀가 혼자서 음악을 들으며 박자를 맞추고 사람들과 장난을 치면서 막춤을 추는 것을 볼 때면 묘한 해방감이 전해져서 좋다. 스윙 바에 들어선 그녀는 파트너와 춤을 출 때는 물론이고, 혼자 있을 때에도 언제나 음악에 몸을 싣는다. 나도 그녀를 따라 혼자 몸을 흔들어도 보지만 어쩐지 많이 어색하다. 그녀 특유의 사뿐사뿐한 스텝은 어느 방향을 향해도 가볍고 안정적인데, 평소 몸을 아끼고 체력을 잘 단련한 사람의 단단함이 느껴진다.

나는 그녀의 의상 스타일링 또한 좋아한다. 단순히 예쁜 옷을 입는 걸 떠나 머리부터 발끝까지 시간, 장소, 상황, 그러니까 티피오(T.P.O)에 걸맞게 옷차림을 관리하는 그녀의 섬세함과 부지런함에 늘 감동을 받는다. 강습을 할 때에는 깔끔하면서도 몸동작이 잘 보이는 옷을 골라 입고, 파티에 갈 때에는 드레스 코드를 살리면서 행사의 분위기를 돋울 수 있는 스타일링을 하기에 화려하거나 코믹한 의상도 마다하지 않는다. 핼러윈 파티 때 귀여운 피글렛이 되는 걸 서슴지 않고, 연말 파티에는 〈위대한 개츠비〉에 나올 법한 1920년대 풍의 화려한 드레스로 완벽하게 꾸미고 나타난다. 이런 노력과 센스 덕분에 그녀와 함께하는 자리가 더 즐거워진다. 무엇보다 내가 가장 좋아하는 것은 그녀가 일상적으로 춤을 출 때의 의상이다. 소셜을 할 때마다 그녀의 의상을 보는 것은 나의 비밀스러운 즐거움이기도 하다. 일주일에 두세 번을 만나도 매번 다른 그녀의 소셜 룩을 볼 때면 이 춤에 매번 최선을 다하는 그녀의 진심이 느껴진다.

언젠가 그녀에게서 댄서의 슬픔 혹은 슬픔을 이겨내는 댄서의 모습을 엿본 이후로 나는 그녀를 더 좋아하게 됐다. 어느 날 그녀는 유독 피로한 얼굴로, 하지만 엷은 미소를 머금은 채 사람들이 하나둘 빠져나가는 늦은 시간에 바에 들어섰다. 나도 바를 나가려던 참이라 그녀에게 인사를 하고 같이 나갈 친구를 기다리느라 입구에서 서성거리고 있었다. 그녀가 들어서자 댄서들은 당연히 그녀를 반겼지만 남아 있는 리더들은 선뜻 홀딩 신청을 하지 못하고 있었다. 고수 팔로어에게 춤을 청하는 것이 초보 리더에게는 때로 부담이기도 할 것이다. 언젠가 팔로어를 대상으로 한 그녀의 스위블 수업을 들었을 때 그녀는 말했다. 춤을 추다 부딪히면 사과를 해야 하지만 춤을 못 춘다고 사과하지는 말라고. 리딩을 못 받았거나 틀렸다고 주눅 들지 말라고. 소설을 할 때에는 리더와 팔로어가 서로 동등한 댄서로서 즐겁게 춤을 추는 게 중요한 거라고. 그건 당연히 리더에게도 해당하는 말이었다.

그날 그녀는 초보 리더에게 반갑게 인사하며 춤을 청했다. 그 리더가 홀딩 신청을 고민하다 결국 나가려는 것을 본 것 같았다. 나는 입구에 선 채로 그들의 춤을 끝까지 보았다. 조금은 서툰 리딩에도 그녀는 고수 댄서답게 상대방을 배려하며 신나게 춤을 추었고 내내 음악에 집중했다. 속상한 일이 있었던 걸까. 그날따라 그녀의 큰 눈에 물기가 많아 보였는데, 그 순간 그녀를 위로할 수 있는 건 오로지 춤뿐인 것 같았다. 그녀가 상대에게 마음을 쓰고 다독이듯 스윙이 그녀를 달래주고 있다고 느껴졌다.

나에게도 그랬다. 스윙을 시작한 뒤로 속상하거나 힘든 일이 있을 때마다 스윙은 언제나 나를 확실하게 위로해주었다. 이제는 울고 싶은 마음이 들면 스윙을 떠올린다. 댄서는 미워도 이 춤은 미워할 수가 없고, 즐거울 때보다 슬플 때 더 생각이 나는 게 스윙이 되었다. 이 쓸쓸한 세상에서 위안을 보장받는다는 건 얼마나 다행스러운 일인가. 그날, 구두 언니도 그런 마음이었을까. 언젠가 까르보나라에 소주를 마시며 물어보고 싶다.

시작은 런던

스윙은 기본적으로 짝춤이다. 솔로 댄스를 추는 게 아니라면 홀딩을 할 누군가가 필요하다. 영원히 싫증 나지 않는 단 한 사람의 댄서를 만나는 일이 (거의 불가능해 보이지만 세상엔 불가사의한 일도 일어나니까 혹시나) 생기더라도 스윙 댄서에게는 스윙 댄서가 많을수록 좋다. 스윙을 함께 즐기는 사람이 늘어난다는 건 이 춤을 더욱 많은 장소에서 더욱 오래 출 수 있다는 얘기이기 때문이다. 다양한 장소만큼이나 다양한 재미가 생길 것이고, 여러 사람의 개성만큼이나 색다르고 즐거워질 것이다. 스윙을 다시 시작하고 내가 바라는 것은 이것이었다. 이 춤을 오래오래 즐기고 싶다는 것. 그러려면 많은 사람들이 필요하다. 이것은 아마도 대부분의 스윙 댄서들이 한마음으로 바라는 일이기도 할 것이다.

다시 스윙을 시작한 첫해에 나는 동호회의 중급 강습을 1년 내내 들었다. 강습은 2개월 코스로 구성되어 있으므로 나는 그해에 여섯 번의 중급 강습을 들은 것이다. 모든 수업이 강사들의 개성에 따라 다르게 진행되기 때문에 같은 중급 강습이라 하더라도 수업을 진행하는 방식이나 강조하는 바가 달랐다. 그 차이를 보는 것이 내게는 꽤 흥미롭게 다가왔다. 무엇보다 리더와 팔로어가 찰떡같은 케미를 보이는 강사들의 경우에는 강습 자체가 잘 연출된 완성도 높은 공연 한 편을 보는 것만큼 만족스러웠다.

그해로부터 몇 년이 흘렀지만 나는 한 강사가 강습을 마치고 올린 마지막 인사를 지금도 종종 떠올린다. '강습은 차갑게, 소셜은 뜨겁게'라는 모토 아래 진행된 JP馬군 님과 미쉐르 님의 수업이 끝난 뒤이다. 리더 강사인 마군 샘이 강습 게시판에 올린 글에 이런 대목이 있다. "이제 갓 10년 넘게 춤을 췄지만, 저는 지금의 춤이 가장 재미있습니다. 시간이 지날수록 춤이 주는 재미는 예전에 상상하던 그것을 훌쩍 뛰어넘었고, 또 한 번 10년이 지나면 얼마나 더 즐거워질지 상상도 되지 않습니다." 이 말이 지금도 생각나는 건 다시 스윙을 시작하고 해를 거듭할수록 나도 이 춤이 점점 더 재미있어지기 때문이다. 상상되지 않을 10년 뒤의 즐거움을 매일 떠올리는 10년이라면, 그 10년은, 그러니까 지금은 살아볼 만하지 않겠는가. 그렇게 10년씩 연장되는 댄서로, 재미있게 살면서 늙고 싶다고 자주 생각한다.

마군과 미쉐르 샘은 꾸준히 춤을 춰온 세월을 기록하듯 여러 나라를 여행하며 아름답고 로맨틱한 스윙 영상을 남기는 커플이기에 그의 말이 더 설득력 있게 다가왔는지도 모른다. 그의 글은 이렇게 끝난다.

"우리 팀에 들어오세요. 전 세계 모든 댄서가 우리 팀원입니다. 그리고 우리랑 경쟁합시다. 누가 가장 많은 춤을 추는지, 누가 가장 다양한 사람과 춤을 추는지, 누가 상대방을 더 많이 웃게 하는지 도전하세요." 이 대목을 읽은 이후로 나는 그의 팀에 합류했다. 꽤 설득력 있는 스카우트였다고 나는 생각하지만 정작 그는 나의 합류를 모를 수 있다. 린디합을 좋아하는 댄서라면 누구라도 들어갈 수 있다고 했으니 나는 별도의 심사 없이 그 팀에 슬쩍 들어갔고, 그렇게 전 세계의 댄서와 한 팀이 되었다.

국내뿐 아니라 외국에 나가서도 인터내셔널한 '우리 팀'의 팀원을 만나는 일은 꽤 새롭고 놀라운 경험이 되었다. 전 세계 어느 도시를 가더라도 그리 멀지 않은 곳에 스윙 바가 있다는 사실이 신기하기도 했다. 스마트폰으로 뭐든 검색하면 다 나오는 세상이니 어렵지 않게 스윙 바를 찾고 그곳까지 헤매지 않고 갈 수 있었다. 서울을 벗어나 인천, 천안, 부산에서도 출빠를 하며 국내 여행의 재미를 알아갔고, 런던, 바르셀로나 등 유럽의 도시나 뉴욕에서도 출빠를 하니 코즈모폴리턴이 된 듯 느껴지기도 했다. 이 모든 시작은 런던이었다.

2018년에 출판인해외연수를 가게 되어 런던에 석 달가량 체류한 적이 있다. 워낙 좋아하는 도시이기도 했지만 무엇보다 출근을 하지 않아도 된다는 게 가장 좋았다. 회사에서 준 가장 큰 포상이 회사를 떠나 있게 해주는 거라니 웃기고 슬픈 역설이지만, 떠나기 전에는 웃거나 슬퍼할 틈도 없이 바쁘기만 했다. 런던에서 3개월을 살게 되다니! 오랫동안 꿈꿔온 연수였지만 정작 그곳에 가게 되니 햇수로 입사 10년 만에 갖게 된 3개월의 자유시간을 어떻게 보내면 좋을지 처음엔 막막했다.

그저 내가 원한 것은 서울에서 살듯 런던에서 사는 것이었다. 처음에는 뭔가를 이루고 돌아가고도 싶었지만, 그게 무엇이 되었든 10년 동안도 못 이룬 일을 3개월 만에 이룰 수는 없을 것이었다. 그래서 나는 어설프게 달라지느니 차라리 그대로 머무는 편을 택했다. 다만 지금의 상태에서 내가 가장 좋아하는 것들만을 취해 즐기겠다고 다짐했다. 책을 많이 읽고 그림을 그릴 것이다. 한낮에 야외 테이블이나 열린 창가에 앉아 화이트와인을 마실 것이다. 많이 걷고 아름다운 것들을 많이 볼 것이다. 무엇보다 런던에서도 스윙을 출 것이다.

연수를 갔던 해를 기준으로 15년 전에도 런던

에 한달쯤 머문 적이 있다. 그때에도 나는 스윙 댄서였으므로 출빠를 하고 싶었지만 밀레니엄이 도래했어도 지금처럼 정보를 쉽게 찾을 수 있는 시절이 아니었다. 게다가 나는 길치였(고 지금도 그렇)다. 당시 어렵사리 알아낸 런던의 한 스윙 바를 찾아 헤매다가 해가 지기 시작해 다시 숙소로 돌아갔던 기억이 났다. 하지만 이제 내게는 아이폰이 있고 구글맵이 있다. 전 세계의 스윙 행사 소식을 알 수 있는 스윙 플래닛(www.swingplanit.com)과 런던의 스윙 강습과 파티, 소셜 소식이 잘 정리된 스윙아웃런던(www.swingoutlondon.co.uk)을 통해 출국 전 이미 굵직한 출빠와 수강 계획을 세울 수 있었다.

　　내가 숙소로 구한 플랏과 멀지 않은 곳에서 샤론 데이비스(Sharon Davis)가 매주 수요일마다 '웬즈데이 클럽(The Wednesday Club)'이라는 이름의 강습을 진행하고 있었다. 샤론 데이비스는 호주 출생의 프로 댄서로 런던에서 '재즈매드(Jazz MAD)'라 불리는 단체를 운영하고 있다. 나는 그녀가 장난기 가득한 눈빛으로 설명을 하는 스윙 강습 영상이나 관능적이고 화려한 벌레스크 댄스 영상으로 그녀를 먼저 알고 있었다. 유튜브에서만 보던 샤론이라니! 수업이 열리는 마블 아치의 스턴 홀은 숙소에서 버스로 다섯 정거장만 가면 되는, 15분 정도 거리에 있었다. 서울의 집에서 신촌의 스윙 바까지가 딱 그 정도의 거리였던 터라 나는 떠나기 전부터 런던이 편안하고 익숙한 듯 느껴졌다. 게다가 런던의 빨간색 이층 버스를 타고 스윙 강습을 들으러 가다니! 강습은 한국에서처럼 미리 신청하는 게 아니라 그냥 찾아가면 되는 거였다. 그게 부담을 덜어주고 설렘을 더해주었다. 런던이 두 팔을 벌리고 서서 나를 기다리고 있는 것만 같았다. 챙길 짐 목록의 첫 번째는 단연 스윙화였다.

너무나 자연스러운 흐름

스윙을 처음 시작할 때 준비물은 '편한 운동화'이다. 동호회에서는 지터벅 수강생들에게 실내용으로만 신을 깨끗한 운동화를 준비해오라고 안내한다. 더러는 스윙 댄스용 운동화를 신기도 한다. 스니커즈 바닥에 가죽을 덧대 춤출 때 뻑뻑하지 않고 잘 미끄러지게 만든 것이다. 댄스용이 아니어도 가벼운 스니커즈나 슬립온에 직접 가죽을 대서 신는 사람도 있고, 너무 미끄러운 게 싫은 사람은 잘 길들여진 자신의 운동화를 깨끗이 닦아 그대로 신기도 한다. 편한 운동화를 춤을 추는 발과 댄스플로어에 길들이다 보면 스윙이 점점 더 편해진다.

보통 린디합 초중급 과정이 끝나면서 스텝이 몸에 익고 춤이 재미있어지기 시작하면 고수들의 발동작에 절로 눈이 가게 된다. 화려한 풋워크에 눈길을 주다 보면 귀마저 경쾌해지는데, 그건 다분히 그들이 신은 가죽 구두가 나무로 된 댄스플로어에 부딪히며 '댄서의 소리'를 내기 때문이다. 그 순간 대부분의 하수들이 그러하듯 '연장 탓'을 하게 된다. 운동화에서 구두로 바꾸면 춤을 열 배는 더 잘 출 것만 같은 착각이 확신으로 둔갑한다. 마치 나의 스텝은 구두가 아니어서 완성이 안 된 것처럼 갑자기 내가 신고 있는 운동화가 초라하고 무능하게 느껴지는 것이다.

내가 그랬다. 1년쯤 신은 스니커즈의 겉면에는 구멍이 났고, 바닥에 덧댄 가죽이 너덜거렸다. 춤을 추면서 하도 밟히고 쓸린 탓에 본래 무슨 색이었는지 말하기조차 부끄러워지는 꼴을 하고 있었다. 신발이 너덜거릴 때까지 춤을 춘 내가 대견하다는 생각이 들기도 했지만 이걸 들고 런던에 갈 수는 없는 노릇이었다. 특히나 고수 팔로어들이 신은 신발을 보니 나도 이제는 구두를 신고 싶었다. 그날도 고수 댄서들의 눈부신 춤과 현란한 발을 한없이 부러운 눈으로 보고 있다가 고개를 돌렸는데 팡듀가 입술을 동글게 모은 채로 (또) 가느다랗게 눈을 뜨고 좀 전의 나처럼 플로어를 보고 있었다.

"깔루아는 구두 안 사나?"

"나 사고 싶어!"

"서울역 갈까?"

"서울역?"

서울역 근처 염천교에 수제화 거리가 있다는 걸 알게 되었다. 그 거리에 동호회 사람들이 자주 간다는 구두가게가 한 건물의 2층에 맞붙어 있었다. 질 좋은 가죽에 세련된 디자인으로 댄서들 사이에서 소문난 디자이너에게 구두를 맞추는 방법이 있기도 하지만 아직 그 정도 고수가 아닌 우리에게 그건 좀 과한

듯 느껴졌다. 부담 없는 가격으로 가죽 댄스화를 시작하기에는 염천교가 맞춤했다. 우리는 출빠하는 날을 피해 약속을 잡았다. 바가 아닌 곳에서 댄서 친구를 만나기는 처음이었다.

　허름한 수제화 거리를 조금 헤매다가(팡듀도 길치였다) 추천받은 가게를 찾아 들어갔다. 발에 맞춰 새로 제작할 수도 있었지만, 간 김에 바로 들고 오고 싶었다(팡듀도 성격이 급했다). 그러려면 조금 수고를 해야 했다. 산더미처럼 쌓인 신발들 사이에서 원하는 디자인과 사이즈를 직접 찾아야 하는 것이다. 사장님이 챙겨준 요구르트를 하나씩 들고 쪽쪽 먹어가며 찾고 신고 찾고 신고를 반복했다. 우리는 3센티미터 정도 굽에 깔끔한 디자인을 원했는데, 디자인이 마음에 들면 사이즈가 없고 사이즈가 있는 건 굽이 마음에 안 들었다. 그러다 (언제나 그렇듯) 포기하려고 할 때쯤 마음에 드는 게 (운명처럼) 나타났다(왜 이런 클리셰는 고작 쇼핑에만 적용되는가).

　나는 뱀피 느낌으로 가공된 핑크색 구두를, 팡듀는 스킨 톤의 깔끔한 민짜 구두를 하나씩 건졌다. 사장님께 예쁜 말들을 골라 해드리고 조금 에누리도 받았다(팡듀도 선수였다). 바로 출빠를 하고 싶을 만큼 흥분했지만 그날은 바가 문을 닫는 날이었다. 아쉬운 마음에 서울역에서 굳이 바 근처로 가기로 했다. 서로 아끼던 식당이 (운명처럼) 겹쳤다. 그날 우리는 상수역 근처에서 닭볶음탕을 먹으며 스윙에 대한 이야기도 많이 하고 스윙이 아닌 것에 대해서도 오래 얘기했다.

출빠를 하기 전까지 집에서 하루에 한 번씩 구두를 꺼내 신어보았다. 그러면서 구두에 맞는 옷들을 하나씩 머릿속으로 혹은 직접 입어가며 매치해보았다. 지금까지는 주로 블라우스나 면 티셔츠에 바지나 스커트를 입고 춤을 췄었는데 구두를 장만하고 나니 왠지 제대로 드레스업을 하고 싶은 욕구가 솟구쳤다.
  하루의 의상을 고를 때 한 가지 고정된 아이템을 정하고 거기에서 시작해 머리부터 발끝까지 스타일링을 맞추는 것이 내가 옷을 입는 방식이다. 가령 재킷을 고른 날에는 그 자켓을 중심으로 이너, 하의, 신발, 액세서리 등을 고르거나, 들고 싶은 가방이 있는 경우 가방을 중심에 두고 거기에 어울리는 색깔의 옷을 고르고 스타일을 맞추는 식이다. 그러니까 다음 출빠 복장의 시작점은 이 핑크색 구두가 되는 것이다. 지금까지 입던 옷들은 이 구두와 썩 어울리지 않는다는 것이 나의 결론이었다. 그래서 (너무나 자연스러운 흐름이지만) 쇼핑을 가기로 했다. 핑크색과 보색이 되는 그린색 옷을 입으면 예쁠 테지만 좀 튈까 봐 걱정이 된다면 남색 정도도 무난하고 괜찮을 것이다. 신발에 포인트를 주어야 하니까 화려한 패턴은 피하는 게 좋을 듯했다.

이십대 때에도 빈티지 숍에서 쇼핑하는 걸 좋아했다. 촌스러운 (걸로 오해받을 수 있는) 꽃무늬 카디건도 스스럼없이 사곤 했다. 회색 바탕에 잔잔한 붉은 꽃이 프린트된 칠부소매의 면 카디건이었다. 대학교 때 그 옷을 만지작거리는 나를 보고 친구가 정말로 살 거냐고 재차 물었던 장면이 아직도 기억난다. 나는 오히려 이 예쁜 것의 예쁨을 의심하는 친구가 의아했다. 그때 보란 듯이 그 옷을 사서 잘도 입고 다녔다. 긴 머리를 뒤로 길게 땋은 대학생 깔루아는 그 옷을 입고 스윙을 추었다. 스윙을 떠나 있던 동안에도 부산이나 일본으로 여행을 갈 때면 빈티지 숍에 꼭 들렀다. 사람의 취향은 무서울 정도로 한결같아서 나는 자주 잔잔한 꽃무늬에 흔들렸다.

스윙의 전성기이던 1930~50년대 시절의 느낌을 살리는 데에 그 시절의 의상만큼 효과적인 것도 없다. 옛날 스윙 사진에서 전형적으로 볼 수 있는 스타일은 여자들의 경우 러플이 달린 블라우스, 컬러감이 넘치는 치마, 허리가 강조된 스타일의 원피스, 헤드 스카프, 화려한 헤어 핀 등을 꼽을 수 있고, 남자들의 경우 조끼까지 포함된 스리피스 정장 슈트, 배꼽 선까지 올라오는 배바지, 멜빵, 뉴스보이 캡, 페도라 등이다. 그리고 지금의 스윙 댄서들도 여전히 이런 스타일링을 즐기는 편이다. 여러 동호회 사람들이 모이는 정모 날에 바 문을 열고 들어가면 최선을 다해 멋을 내고 와준 댄서들 덕분에 과거의 시간 속으로 걸어 들어가는 기분이 들곤 하는데, 그럴 때면 내가 살아본 적 없는 시간이 그리워지면서 최선을 다해 지금을 즐기게 된다.

빈티지 원피스를 사기 위한 변명이 거창해졌지만, 드레스업은 나의 춤과 주변의 사기를 위한 필요조건이 되는 것이다. 그렇게 해서 (너무나 자연스러운 흐름이지만) 나의 옷장에는 빈티지 옷이 하나둘 늘어만 갔다. 하늘 아래 같은 색은 없어서 다양한 그린과 더 다양한 블루가 채워지고 있고, 크고 작은 꽃무늬나 기하학 패턴들도 옷장에 재미를 더해주고 있다. 빈티지 옷을 사면서 옛날에 이 옷을 입었던, 나와 취향과 체구가 비슷한 사람을 상상해보는 일은 내게 생긴 또 다른 즐거움이기도 하다. 나는 이 즐거움을 어서 만끽하고 싶었다. 합정과 홍대, 신촌 일대의 빈티지 숍들을 떠올리다가 새로운 곳으로 가보고 싶었다. 스윙 댄서들에게 소문난 곳이지만 혼자서는 왠지 엄두가 나지 않아 미뤄둔 곳이 있었다. 나는 팡듀에게 연락했다.

"우리 광장시장 갈까?"

댄서들은 광장시장에 먹으러 간다. 물론 원래의 목적은 옷을 사는 것이지만, 구제 옷을 고르는 게 쉽지 않아서 실패할 확률도 높다. 그러니까 차라리 먹으러 간다고 생각하면 쉽게 뜻한 바를 이룬 게 되니 뿌듯하기도 하거니와 실제로 광장시장에 가면 먹지 않을 수 없기도 하다. 때가 되면 댄서들은 광장시장 안에 있는 구제 옷가게에 가기 위해 삼삼오오 모이는데, 보통 그 '때'라 함은 공연이나 대회, 파티가 다가오는 시기다. 광장시장 얘기가 나오면 사람들은 거기에서 먹을 메뉴를 줄줄 읊어준다. 녹두전에 마약김밥은 기본이고, 육회에 낙지탕탕이까지 먹을 게 너무 많아서 여럿이 가는 게 다양한 메뉴 섭렵과 엔분의 일을 위해서도 여러모로 이득이다. 하지만 나의 목적은 확고하고 순수했으므로 팡듀와 단둘이 광장시장으로 향했다.

빈티지 숍에 갈 때마다 나는 눈이 반짝거리고

없던 기운이 솟아나고 두뇌 회전이 빨라진다. 가게 행어에 걸린 옷들을 눈으로 스캔하고 머릿속으로는 집에 있는 옷장 안을 떠올리면서 재빠르게 옷들을 매치해본다. 잘 정돈된 숍도 있지만 수십 겹으로 쌓여 있는 옷들 사이에서 보물찾기 하듯 원하는 옷을 찾아야 하는 경우도 있는데, 그 속에서 마음에 쏙 드는 '보물'을 찾았을 때는 짜릿함과 뿌듯함이 동시에 몰려온다. 광장시장은 평소에 다니던 마포구 일대의 빈티지 숍들보다 가격도 현저히 낮아서 사는 재미가 더 있다. 게다가 내 옆엔 흥정의 달인 팡듀도 함께였다. 팡듀는 이미 옆에서 사장님과 눈빛만으로 얘기를 나누며 상도를 지키는 선에서 일이천 원을 깎고 있었다. 그날 우리는 오만 원 한 장으로 서너 벌씩 너끈히 건질 수 있었다.

예상 못한 바는 아니지만, 사다 보니 핑크색 구두와는 별개의 쇼핑을 더 신나게 하게 되었다. 따지고 보면 어느 옷 하나 핑크색 구두와 어울리지 않는 것도 없었다. 그냥 내게는 쇼핑을 위한 명분이 필요했는지도 모른다. 그날 나는 앞에 단추가 길게 달린 초록색 원피스와 우아한 디자인의 로열블루색 원피스, 출근할 때 입어도 손색이 없을 빨간색 주름치마를 샀다. 팡듀는 페이즐리 프린트의 에스닉 스커트와

사랑스러운 컬러가 여럿 겹쳐진 체크무늬 면 원피스, 핑크색 하이웨이스트 바지, 칼라가 달린 파란색 원피스를 샀는데, 파란 원피스는 자기한테 안 어울린다고 나중에 나한테 떠넘겼다. 나는 블루 마니아로서 기꺼이 받아줬다.

　　첫 광장시장 쇼핑을 성공리에 마치고 우리는 (댄서답게) 먹으러 갔다. 둘밖에 없었으므로 마약김밥과 떡볶이, 녹두전밖에 먹을 수 없는 건 안타까웠지만 막걸리를 곁들여 꽤 만족스러웠다. 막걸리를 들이켜면서 우리는 그날의 쇼핑을 브리핑했다. 앞으로는 신상 들어오는 시기에 맞춰서 좀 더 부지런하게 토요일 오전에 와야겠다, 옷 먼지가 너무 많이 날리니 다음엔 마스크를 꼭 챙기자, 빈티지 옷들은 허리가 대체로 작으니 (술 먹으면서 할 말은 아니지만) 뱃살만 조금 줄여볼까, 처음에 갔던 집이 제일 나았다, 그 사장님 야무지게 장사 잘한다, 마지막 가게 사장님 진짜 안 깎아주더라, 오늘 산 원피스는 언제 입을 거냐, 다 잘 산 것 같다, 또 오자, 맛있다, 아쉽다, 2차 가자. 그렇게 우리는 '깔루아하우스'로 향했다.

깔루아하우스의 4인용 테이블

진심은 괄호 속에 있다. 팡듀는 깔루아(하우스)를 좋아했다. 그러니까 팡듀가 나보다 나의 집을 먼저 좋아했다는 건 (본인도 부인하지 못하는) 명백한 진실이다. 하링도 깔루아(하우스)를 좋아했다. (또 웬 쓸데없는 소리냐고 할까 봐 못 물어봤지만) 하링도 나보다 나의 집을 먼저 좋아했을 것만 같다. 나는 두 사람의 집에 가본 적이 없으니까 순수한 마음으로 둘을 좋아한다. (이 문장이 왜 괄호 밖에 있지?)

스윙을 다시 시작한 해의 연말이었다. 그해의 키워드는 단연 '스윙'이었고, 저물어가는 해를 그냥 넘길 수 없었다. 이미 한 해 동안 하링과 숱한 밤을 깔루아하우스에서 보냈지만 스윙 멤버가 본격적으로 합류하기로 한 건 팡듀가 처음이었다. '출빠 후 맥주'를 한 잔으로 그치기에 아쉬운 밤이면 집이 먼 하링과 술이 더 먹고 싶은 나는 굳이 방황하지 않고 깔루아하우스로 왔다. 하링은 깔루아하우스의 시스템에 만족했고, 나는 그에 대한 자부심이 있었다. 그리고 그 소문은 작게나마 팡듀에게도 전해진 상태였다. 우리는 연말을 스윙으로 잘 마무리하고 싶었다. 마침 그해 마지막 중급 수업의 연말 블루스 파티가 압구정에서 열렸다. 우리는 블루스는 잘 모르지만 연말 기분을 내고 싶은 마음에 춤보다는 파티에 방점을 찍고 압구정에 가기로 했다.

　가장 대중적인 스윙 댄스인 린디합이 익숙해지면 사람들은 다른 종류의 스윙 댄스에도 눈을 돌린다. 바에 어떤 음악이 나와도 그에 맞춰 더욱 다양한 스윙을 즐길 수 있기 때문이다. 린디합을 빠르거나 느리게도 출 수 있지만, 빠른 음악에는 발보아를, 느린 음악에는 블루스를 곁들여 즐기는 댄서들을 바에서 드물지 않게 찾아볼 수 있다. 나도 한때 느린 음악을 좀 더 즐기고 싶은 마음에 블루스를 잠깐 배운 적이 있다. 슬로 린디합을 잘하려면 블루스가 도움이 된다는 조언을 받기도 한 터였다. 수업을 2주밖에 나가지 못해 블루스의 기본 스텝 정도만을 배우고 끝난 게 고작이었지만 말이다. 다른 춤을 배우면서 몸을 다양하게 쓰는 법을 익히고 싶었는데, 블루스의 홀딩 스타일 중 린디합과는 다르게 파트너와 몸을 좀 더 밀착하는 클로즈드 포지션이 익숙해지지 않아 오히려 온몸이 경직되면서 흥미를 잃었다. 하지만 여전히 블루스에 대한 로망은 조금 남아 있었다. 스윙을 시작하고 동호회의 내부 파티는 여러 번 즐겼지만 외부로 파티를 가는 건 처음이라 묘한 기대감도 감돌았다.

　하링도 팡듀도 나도 이날 조금 더 멋을 냈다. 하링은 평소에 잘 입지 않는 원색의 옷을 입고 왔고, 팡듀는 앞머리를 자른 지 얼마 되지 않아 신선한 분위기를 풍기며 나타났다. 나는 두 줄의 블랙 큐빅이 어깨까지 늘어지는 귀고리를 했다. 파티 당일에 우리는 현장에서 블루스의 기본동작들을 간단히 익히고 어설프게나마 블루스를 즐길 수 있었다. 강습을 함께 들었던 사람들이 대부분이어서 서툰 스텝도 연말의 너그러움으로 다 웃으며 넘기기도 했다. 일반적으로 바에서는 술을 마시지 않지만 파티에서만큼은 종종 맥주나 와인이 놓이는데, 그날의 관대함은 알코올의 힘 덕분이었는지도 모르겠다.

파티는 12시가 넘어 끝이 났고, 바야흐로 한 해의 마지막 날이 되었다. 코트를 챙겨 입고 밖으로 나서며 빨리 술을 마시러 가자고 했다. 우리는 이 추운 겨울날 한잔 더 마실 장소를 찾아 낯선 압구정을 헤맬 생각이 애초에 없었다. 그날 우리에겐 깔루아하우스가 약속의 땅이었다. 하링에겐 익숙한, 팡듀에게는 미지의 세계. 이미 그 땅을 수차례 밟은 하링은 여유로운 모습이었고 팡듀는 조금 흥분한 듯 보였다. 우연히 택시를 같이 타게 된 '블랙피클(블랙핑크를 커버한 동호회 연말 파티의 인기 그룹)'의 멤버 은바리 님도 함께하게 되면서 깔루아하우스의 4인용 테이블이 꽉 채워졌다.

그 밤 깔루아하우스는 풀가동되었다. 형광등 불빛을 싫어하는 하링에게 맞춰 근사하게 노란 조명으로 조도를 낮추고 내가 좋아하는 스위스 라디오 채널을 찾아 잔잔하게 재즈 음악을 틀었다. 집에 늘 떨어지지 않게 두는 그뤼에르 치즈와 씨 있는 그린 올리브를 그릇에 담고, 하링이 좋아하는 감자칩과 내가 좋아하는 새우깡 등 갖가지 과자를 풀었다. 세계 각지에서 사 오거나 선물받은 초콜릿이나 말린 과일도 꺼낼 때마다 뿌듯한 안주가 된다. 매일 아침 챙겨 먹으라며 부친이 보내주신 견과류를 내가 안주로 몰아 먹는다는 걸 집에서 안다면 아마 모친은 눈을 흘기고 부친은 대견스러워할 것이다.

우리는 맥주를 마시다가 뭔가 아쉬워 헨드릭스 진을 열었고, 토닉워터와 레몬즙, 얼음이 상비된 덕분에 진토닉을 만들어 홀짝홀짝 계속 마실 수 있었다. 당연하게도 깔루아하우스엔 깔루아가 있었고, 우리는 완벽한 비율의 깔루아밀크도 만들어 먹었다. 아직 하링 말고 다른 친구들은 뭘 좋아하고 싫어하는지 몰라 나와 하링 중심으로 준비했지만 모두가 만족했던 것 같다. 그 자리에서 팡듀는 치즈와 올리브를 바로 결제했고, 며칠 뒤 은바리는 헨드릭스 진을 구입했으니. 우리는 그렇게 12월 31일을 맞았고, 완벽하게 '스윙의 해'를 마무리할 수 있었다.

　　그 이듬해 하링은 내가 연수를 떠난 석 달 동안 깔루아하우스에 함께 사는 동거식물을 챙겨주었고, 팡듀는 그 후로 종종 깔루아하우스를 찾아와 조리 없이 재료만 먹는 내게 가스 불을 켜게 만들었다. 사실 나는 집에 혼자 있는 시간을 가장 좋아하지만 이 둘이 나의 집에 온다고 하면 기꺼이 두 팔을 벌리고, 그 순간만큼은 혼자 있는 게 너무나도 외로운 사람이 되고 만다. 어쩌면 이들과 함께한 시간들 덕에 혼자서도 잘 지낼 수 있는 사람이 된 것 같기도 하다.

　　그 후 다른 친구들에게도 깔루아하우스에 대해 입소문이 나면서 몇몇 댄서 친구들이 놀러 오기도 했다. 그러면 우리는 또 4인용 테이블에 둘러앉아 재즈를 들으며 무덤까지 가져갈 이야기들에 귀를 기울였다. 날씨가 좋은 날에는 테이블 옆의 창문을 활짝 열기도 하고, 추운 날에는 보일러를 틀고도 어깨에 담요를 둘렀다. 밤이 짧은 걸 아쉬워하며 이야기를 나눴고, 누군가 졸기 시작해야 불을 껐다. 깔루아하우스의 어둑한 조명 아래서 나는 그들에게 자주 반했다. 스윙 바를 벗어나서도 매력이 이어지는 친구들이 있어 다행이었다. 나는 이들과 오래 춤을 추고 이야기를 나누고 싶다. 깔루아하우스의 4인용 테이블에서 같이 울고 웃어준 사람들에게 새삼 고마운 마음을 전한다.

정박의 리듬 사이사이로

깔루아하우스의 냉장고에는 런던의 추억이 가득 담겨 있다. 연수를 떠나기 전 친구들과 조카에게서 받은 손 편지, 런던에서 수업을 들었던 웬즈데이 클럽의 수강증, 매주 라이브 밴드 연주가 열렸던 '주주바'의 '주주 재즈 밴드 볼(Juju's Jazz Band Ball)' 포스터, 당시 여행지의 마그넷을 볼 때마다 그때의 기억이 아름답게 스친다. 잊지 않으려면 자주 떠올려야 한다. 떠올리는 네에 보는 것만큼 효과적인 방법은 없어서 저것들을 냉장고에서 떼어낼 수가 없다.

　　나는 야심차게 구입한 핑크색 구두를 제1품목으로 챙겨 들고 출판인해외연수를 떠났다. (혹여 관계자의 의심을 살 걸 염려해 굳이 덧붙이자면) 물론 그곳에서 한 대학의 여름 계절학기를 듣는 연수 미션 역시 잘 준비했고, 다시 학교로 돌아가니 본능적으로 다시 모범생이 되어, 별 의미는 없는 학점이지만 '올수(All Excellent)'를 받고야 말았다. 그리고 런던에서도 서울에서처럼 스윙을 추겠다는 목표 역시 비교적 잘 이뤘다. 학교 과제 때문에 억지로 시작한 페이스북이 그곳에서 만난 댄서들과 친구를 맺는 데 유용하게 쓰였다. 처음엔 갑자기 나타난 동양인 댄서를 그들도 서먹해했지만 3개월을 지내는 동안 눈인사와 스몰토크를 나누는 사이가 되었다. 나의 핑크색 구두에 관심을 갖는 댄서들이 많아서 구두 사러 서울에 오라고 호기롭게 말하기도 했다. 또래(로 추정되는) 댄서들도 많았지만 나이 든 댄서들이 많은 것이 무엇보다 인상적이었고 댄스플로어에서 연령대의 다양함을 보는 것이 가장 좋았다. 그럴 때면 나도 오래오래 춤추면서 잘 늙고 싶어졌다.

나는 수요일마다 샤론 데이비스의 웬즈데이 클럽 수업을 들으러 다녔다. 1회 수업료는 10파운드였는데, 한꺼번에 10회 수업을 신청하면 추가로 2회 수강이 가능해서 나는 외국인답게 1백 파운드를 현찰로 내고 총 12회 수업을 알차게 채워 들었다. 운 좋게 그즈음 새롭게 이사한 샤론의 스튜디오에서 따로 열린 스위블 워크숍도 들을 수 있었다. 실제의 샤론은 유튜브에서보다 더 잘 웃고 더 열정적인 사람이었다. 샤론이 스윙의 역사라든지 그녀의 스승인 프랭키 매닝과의 추억이나 아름다운 댄서 진 벨로즈(Jean Veloz)가 나오는 〈스윙 피버(Swing Fever)〉(1943), 〈그루비 무비(Groovie Movie)〉(1944) 같은 스윙 영화에 대해 얘기해주는 것을 듣는 것도 흥미로웠다.

런던에서 소셜을 즐기는 장소는 바, 극장, 강당, 거리 할 것 없이 다양했고 대부분의 소셜에는 라이브 밴드가 함께했다. 그리고 한국에서처럼 마음만 먹으면 거의 모든 주말을 스윙 파티로 즐길 수 있었다. 금요일 밤마다 아콜라 극장에서 열리는 타이거 랙, 토요일 밤의 주주 밴드, 일요일 밤 네드 호텔에서 열리는 네드 클럽에 가는 것을 좋아했다. 한 달에 한 번 열리는 오푸스 원의 라이브 파티나 때때로 런던 시내 외곽에서 열리는 파티까지 포함하면 쉴 새 없이 춤을 출 수 있었다.

특히나 네드 클럽에서의 소셜은 확실한 문화 차이가 느껴져 인상적이고 즐거웠다. 네드 호텔에서는 일요일 밤마다 레스토랑 라운지의 플로어를 스윙 댄서들에게 내어주고 무료로 춤을 추게 했다. 플로어 한가운데에 라이브 밴드의 무대가 높게 설치되어 있고, 드레스업을 하고 온 댄서들이 무대 주변에서 춤을 춘다. 댄서가 아닌 손님들은 식사를 하면서 우리의 춤을 구경하고, 기분이 좋아지면 한둘 플로어로 나와 춤을 추기도 한다(어린이인 경우엔 귀엽지만 취객인 경우에는 진상으로 보이는 건 전 세계 공통이다). 댄서들도 그 옆에 있는 바에서 칵테일이나 맥주를 한 잔씩 사서 바 테이블에 두고 천천히 즐겨가며 춤을 춘다. 처음 그곳에 갔을 때에는 낯선 풍경에 안절부절못했는데, 나중에는 나도 자연스럽게 기네스나 런던프라이드 같은 맥주를 손에 들고 소셜을 즐길 수 있었다.

지구온난화로 백 년 만에 한 달 동안 비가 내리지 않았던 그해 런던에서 댄서들은 한 손에는 부채를, 다른 손에는 칵테일 잔을 들고 호텔 라운지에서 얘기를 나누고 춤을 췄다. 그럴 때면 그 이색적인 분위기에 빠져들다가도 한 손에는 손선풍기를 한 손에는 소맥 잔을 든 댄서 친구들의 왁자함이 생각나기도 했다. 나는 이방인인 데다가 밤길도 무서워 런던에서까지 '썬업'을 할 용기는 없었고 적절히 즐길 수 있을 만큼만 있다가 신데렐라처럼 12시가 가까워오면 클럽의 문을 열고 나왔다. 그리고 튜브나 버스가 끊기기 전에 런던의 '깔루아플랏'으로 돌아와 네 캔에 (만원 아니고) 4파운드짜리 포스터 맥주로 혼자만의 '출빠 후 맥주'를 즐겼다. 플랏의 냉장고 한구석 온도가 유독 낮았는데, 거기에 맥주 캔을 두면 '제철 하이트'에 버금갈 만큼 시원해졌다.

런던에서 라이브 밴드 음악에 춤을 추다 보니 그 매력에서 헤어 나올 수가 없었다. 그래서 한국으로 돌아와서도 그런 기회가 있다면 적극적으로 다녀보리라 마음먹기도 했다. 꼭 특별한 행사가 아니라도 런던에서처럼 가볍게 즐길 수 있는 공연이 더 많다면 좋겠지만 아직 우리나라에는 음향 설비 등을 포함해 그럴 만한 여건을 갖춘 장소가 많지 않은 것 같다. 연수를 다녀오기 전에는 행사에 대한 큰 욕심이 없었는데, 한번 경험하고 나니 라이브 밴드가 있고 스케줄이 맞는다면 가보고 싶은 마음이 생기는 게 신기했다. 연수를 다녀와서 천안의 라이브 파티나 리듬 코리아 행사, 제주 스윙 캠프 등의 외부 행사에 갔던 마음에는 런던에 대한 그리움이 조금 묻어 있었다.

라이브 음악은 레코딩된 것과 다르게 현장의 분위기에 따라 변주가 가능하고, 뮤지션의 컨디션에 따라 더 훌륭한 기교를 맛볼 수도 있다. 댄서들이 라이브 음악에 맞춰 춤을 추는 것을 보면 그들이 꼭 이야기를 나누는 것만 같다. 같은 음악을 귀 기울여 듣고 들은 것을 몸으로 전하는 것이 같은 주제를 두고 같은 언어를 사용해 대화하며 소통하는 방식과 크게 다르지 않게 여겨지는 것이다. 춤으로 음악의 분위기를 표현하는 뮤지컬리티 방식이나 음악을 즐기는 태도, 강약을 느끼는 순간이 맞으면 말이 잘 통하는 사람과 이야기를 나누었을 때의 충만함이 느껴진다.

내게 유머 코드는 소통과 불통을 가늠하는 척도다. 말이 잘 통하는 사람과는 같은 대목에서 웃을 수 있지만 적당히 웃어줘야 하는 상황은 곤란하고 인상이 써진다면 상당히 난감해지는 것이다. 주저함 없이 웃을 수 있는 것이 매우 중요하다. 라이브 음악을 들으면서 춤을 출 때에 농담이 통하는 듯한 교감의 순간을 더욱 생생히 실감할 수 있다. 피아노, 트럼펫, 색소폰, 트럼본, 기타, 콘트라베이스, 보컬 등이 홀 안을 감싸 안을 때 댄서들의 몸 안에 어떤 악기의 소리가 스치느냐에 따라 춤은 달라진다. 함께 춤추는 댄서끼리 좋아하는 선율과 리듬, 집중하는 순간들이 맞아떨어지면 같이 웃을 수 있다. 하지만 말 잘 통하는 사람 만나는 게 쉬운 일이 아니듯 그렇게 춤의 소통이 완벽하게 이뤄지는 일은 많지 않고, 그래서 그런 순간들은 더욱 소중해진다.

　　라이브 음악은 듣는 것만으로도 좋기 때문에 춤을 출 사람이 없으면 춤 없이 그저 음악을 듣는 일도 흔쾌하다. 그럴 때면 춤을 추는 사람들을 보는 일도 즐거워진다. 합이 잘 맞는 커플의 춤을 보면 내가 춤을 추는 것보다 더 흥겨울 때가 있다. 그 순간 그들의 감정이 어떠할지 모르지 않기 때문이다. 계속 보다 보면 시샘이 나고 부러운 마음이 들기도 해서 다음 곡은 꼭 춤을 추고야 만다. 반면 드물게 안타까운 순간도 목격된다. 음악에 도취해 과장된 제스처로 아예 두 눈을 감고 혼자만의 세계에 빠져 춤을 추는 사람들도 있는데, 그럴 때면 여지없이 상대방은 어서 빨리 이 곡이 끝나기를 바라는 눈빛이다. 이 부조화의 심각함을 알리려면 저분이 어서 눈을 뜨셔야 할 텐데 싶은 생각이 들기도 하지만, 개안이 어디 쉬운 일이던가.

런던에서는 꼭 라이브 밴드 때문이 아니라도 한국에서보다 춤을 추는 게 심적으로 좀 더 자유로웠다. 한국에서는 이게 맞나, 틀리나 하는 마음이 먼저 들어 몸이 경직되는 편이었는데, 아는 사람 하나 없는 곳에서 생기는 익명 속의 자신감이나 해방감 때문인지 그곳에서는 긴장이 풀리는 느낌이 들었다. 음악을 즐길 수 있는 여유도 조금씩 생겨나는 것 같았다. 전 세계 스윙 신에서 이미 한국 스윙 댄서들의 위상이 높아진 탓도 있겠고 문화적인 차이도 있었겠지만 런던의 댄서들은 한국에서 온 낯선 댄서에게 스스럼없이 엄지를 치켜들어주었다. 실력에 대한 상찬을 떠나 즐거운 홀딩이었다는 찬사를 아끼지 않으면서 나를 한껏 우쭐하게 만들어주었다. 그것은 평가를 받는 느낌보다 댄서 간에 주고받는 순수한 인사 같은 느낌이 더 강해서 나도 자연스럽게 화답할 수 있었다.

강습에서 기본적으로 배워야 하는 린디합의 스텝과 패턴에 대한 가이드는 물론 있겠지만 실제 음악을 들으며 춤으로 표현하는 데에는 옳고 그르거나 맞고 틀린 게 없다. 중요한 것은 상대방을 얼마나 배려하느냐, 서로가 얼마나 즐거운 춤을 추느냐의 문제일 것이다. 음악에 정박의 리듬이 있다면 스윙 댄스는 그 박자와 박자 사이의 모든 것이라고 할 수 있다. 춤으로 음과 음 사이를 느슨하거나 빠르게 잇고, 혹은 그 사이를 여러 동작으로 채우거나 생략함으로써 몸을 통해 음악을 표현하는 것이다. 사람마다 듣는 귀가 다르고 표현하는 방식이 다르니 그 춤 또한 일정하거나 동일할 수는 없다. 댄서의 수만큼 개성 있는 춤이 나오는 건 당연하다. 댄서로서 우리가 할 일은 상대를 존중하고 상대의 춤을 존중하는 것, 그렇게 함께 춤을 즐기는 것, 다만 그것뿐인지도 모른다.

나를 기다리는 스윙

다시 스윙을 시작한 것은 자의라고도 타의라고도 할 수 없는 힘든 시간을 겪고 난 다음이었다. 어느 한 사건이 떠오르지만 그 전후에 겪은 시간들에도 협의가 없지 않기에 짧게 정리할 수는 없을 것 같다. 스윙으로 그 시간들을 이겨냈다기보다는 그 시간들을 이겨내서 스윙을 할 수 있었다. 스윙을 시작한 뒤로 생긴 힘든 일들은 스윙을 할 수 있어서 이겨낸 것 같다. 일로 바빠지고 사람으로 괴로워지고 삶 자체로 고단해지다가도 스윙으로 이겨내고, 잘 이겨내서 또 스윙을 하는 것이다. 힘든 일들은 언제나 끊이지 않고 늘 새로워질 뿐이라, 스윙을 다시 시작했다고 힘든 일들이 사라지지는 않았다. 가끔은 스윙 자체가 나를 힘들게 만들기도 했다. 잘하고 싶은 욕심에 힘들기도 하고, 사람 때문에 힘들어지기도 하는 건 스윙이나 일이나 다를 바 없었다.

　　지금까지는 마음이 아프면 몸이 따라서 아팠다. 오히려 몸이 한번 크게 아프면 간만에 억지로라도 쉴 수 있으니 반갑기도 했다. 마음이 아픈 게 늘 먼저여서 몸이 먼저 아픈 건 아무렇지도 않았다. 종이에 손을 베는 건 다반사였고, 오랫동안 욱신거리던 팔목의 통증은 그저 몸의 일부로 여겨져 고통의 역치는 높아지고 있었다. 어디가 아프든, 그 통증이 작든 크든,

그저 아프면 아픈가 보다, 하며 지내곤 했다. 아파도
하던 일은 계속할 수 있었기 때문에 몸이 아픈 걸 가
벼이 여겼다. 하지만 스윙을 다시 시작하고 난 뒤 댄
서에게는 전혀 새로운 괴로움이 있다는 것을 알게 되
었다. 발목을 다치고 나서였다. 발목을 다치니 당연
하게도 춤을 출 수 없었다. 내 몸이, 내 뼈와 근육들이
건강해야 춤을 마음껏 출 수 있다는 사실이 새삼 크게
와닿았다. 춤을 출 수 없을 때 마음까지 너무 아팠다.

　　어느 날, 회사에서 점심을 먹으러 가던 길에 깨
진 보도블록을 잘못 밟아 왼쪽 발목을 크게 다쳤다.
늘 걷던 길이었는데, 그날따라 어쩌다 삐끗하게 된
건지 알 수 없다. 다음 날 발목이 뚱뚱 부어 병원에 갔
더니 인대가 늘어났다고 했다. 반깁스를 하고 절뚝거
리면서 다니기를 꼬박 한 달, 깁스를 풀고도 몇 달은
발목에 통증을 느끼며 걸어야 했다. 그동안 춤은 고
사하고 심할 때는 출근을 하거나 점심을 먹으러 나가
는 생존을 위한 일상생활도 어려울 지경이었다. 빨리
낫게 하려고 양방과 한방 치료를 왔다 갔다 하며 용을
써보았지만 쉽사리 낫지 않았다. 그저 시간이 필요한
일이었는데, 내게는 그 시간이 좀 길게 필요했던 것
같다. 스윙을 다시 시작하고 나서 처음으로 맞은 위
기였다. 그날의 사고가 이토록 오랫동안 내게 큰 영

향을 미치게 될 줄은 몰랐다. 무엇보다 또다시 스윙을 쉬게 될까 봐, 그러다 다시 스윙을 떠나게 될까 봐 너무나 두려웠다.

그 몇 달 동안 춤을 추지 못한 데서 비롯된 심적 고통에 비하면 다리의 물리적인 통증은 하찮게 느껴질 지경이었다. 댄서에게 부상이 무엇을 의미하는지 뼈아프게 느꼈고, 그걸 알게 되어 진정한 댄서가 된 것도 같았다. 춤을 출 수 없는 날들을 보내며 나는 어쩔 수 없이 지난 시간들을 자주 되돌아보았다. 그리고 그 시간 동안 내가 스윙을 얼마나 좋아하는지 더 잘 알게 되었다.

좋아하는 마음이 커지면 용기를 내 고백을 할 수도 있다. 그리고 프랭키 매닝의 말처럼 나도 "사람들에게 스윙이 얼마나 행복한 춤인지를 알려주고 싶다"는 생각이 슬몃 들기도 했다. 그래서 부상으로 춤을 못 추던 시기에는 춤을 추던 일요일 저녁에 굳이 바 앞의 카페에 가서 신나게 춤을 추고 나올 친구들을 기다리며 스윙을 그리워했다. 그리고 그 마음을 조금씩 써내려갔다. 그러면서 삼십대에 다시 스윙을 시작하길 잘했다고 생각했다. 그리고 그 전에 이십대에 먼저 스윙을 시작한 것도 기특하다는 생각이 들었다. 중간에 오래 쉰 동안도 소중한 시간들이었다고 생각한다. 그 시간들이 없었다면 다시 돌아오지도 못했을 것이다. 이런 마음이 드니 고마운 사람들이 많았고 그들에게 편지를 쓰고 싶어졌다. 나의 오랜 친구들에게, 새로운 댄서 친구들에게. 과거의 나에게, 미래의 나에게. 이 글은 그들에게 전하는 내 마음이다.

　　현재의 스윙을 쉬며 나는 미래의 스윙에 더 적극적으로 다가가기로 했다. 그래서 스윙 여행 계획을 세웠다. 여름에는 제주도에서 열리는 스윙 캠프에, 겨울에는 입사 만 10주년에 주어지는 안식휴가를 써서 좀 더 멀리 해외로 나가기로 마음을 먹었다. 나는 모처럼 부지런하게 연말 워싱턴에서 열리는 인터내셔널 린디합 챔피언십(ILHC) 대회에 나갈 티켓을 끊었다. 그것은 그때까지 다친 발목이 완벽하게 다 나으리라는 부적 같은 것이기도 했다.

　　나는 연말에 워싱턴에 갈 것이다. 이십대 초에 앉았던 링컨 메모리얼의 계단에 다시 앉을 수도 있을까. 내가 좋아하는 댄서인 조(Jo Hoffberg)와 케빈(Kevin St. Laurent)의 워크숍을 듣게 되다니! 라타샤(LaTasha Barnes)의 춤사위를 실제로 볼 것이 너무 기대됐다. 무엇보다 2019년의 ILHC는 '스윙의 여왕'이라 불리는 노마 밀러(Norma Miller)의 탄생

100주년을 기념한 행사라 더욱 뜻깊었다(원래의 기획은 12월 2일 그녀의 백 세 생일을 기념해 파티를 여는 것이었지만, 안타깝게도 그녀는 5월 5일 세상을 떠났다). 나는 워싱턴에 가서 '우리 팀'의 팀원들에게 반갑게 인사하고 싶었다. 혹시나 런던에서 만난 팀원들도 볼 수 있다면 무척 반가울 것 같았다.

나는 계획대로 여름에 제주에 갔다. 추의작은집에, 제레미애월에, 오스모시스에, 기영상회에 들어설 때마다 나는 이 글의 마지막을 쓸 수 있다면 좋겠다고 생각했다. 하지만 매번 그러지 못했고, 노트북은 딱 한 번 열어본 게 고작이었다. 7월 하순께에 열리는 제주 스윙 캠프에 참가하기 위해 내려가는 김에 캠프 시작 전 사흘을 빼 휴가를 더 냈다. 그 시간 동안 글도 마무리하면서 스윙에 대해 더 깊게 생각해보고 싶은 마음이 컸다. 그것은 나의 미래를 생각하는 일이기도 했기 때문이다. 2019년 6월 30일, 한국 나이로 39.5세를 지나면서 나는 부쩍 심란해졌다. 호적의 나이로 한 살을 깎고 만 나이로 두 살을 깎으면서 발악하는 게 아니라 그저 우리나라 셈법대로의 나이로 한국에 사는 내 삶을 되돌아보고 미래를 그려보고 싶었다. 하지만 떠나기 전까지 휴가 전 설렘 같은 건 전혀 없었고 39.6세가 되니 제주에 혼자도 가는구나, 하는 마음만 들었다.

제주에서 홀로 사흘을 머무는 동안 태풍의 영향으로 비가 계속 내렸다. 적게 왔다, 많이 왔다 할 뿐 비는 그치지 않았다. 그친 것 같은 순간에는 미스트처럼 빗방울이 공기를 떠돌았다. 가늘고 굵은 빗방울이 사흘 내내 나를 둘러싸고 있었다. 옷은 눅눅했고 피부는 촉촉했고 가느다란 곱슬머리는 사방으로 부스스하게 날렸다. 잠깐 들른 화장실에서 아끼던 옷에 락스가 묻어 옷을 버렸고, 와중에 우산까지 잃어버렸지만 이상하게 모든 것이 괜찮았다. 제주여서였을까, 날씨 때문이었을까. 이유는 모르겠다. 여하튼 혼자 있는 동안 나는 용기를 내 오랜 친구를 만나러 갔고, 원래는 속으로 낯을 많이 가리는 성격이지만 처음 만나는 사람들에게 마음을 내어주기도 하면서 그들 틈에 끼어 즐겁게 맥주를 마시기도 했다. 그리고 내가 소중히 여기는 작가의 책을 가져가 페이지 귀퉁이를 접어가며 틈틈이 다 읽었다.

그 사흘 동안 나는 삶을 반추하거나 미래를 설계하는 건 고사하고 그저 아무 생각 없이 지냈지만 그대로 즐거웠다. 홀가분했던 것도 같다. '두 번째 스무살'을 목전에 둔 사람의 여유로 전보다 스윙을, 스윙에서 비롯한 많은 것을 편안하게 즐길 용기가 생기는 것도 같았다. 그 사흘은 다가올 스윙 캠프를 위한 준비의 시간이었다. 런던에서 스윙을 추며 몸에 있던 긴장이 풀리고 자유로운 기분이 들었던 것처럼 제주에서 나의 스윙이 다음 단계로 넘어가고 있다고 느껴졌다. 스윙이 나를 기다리고 있었기 때문이다.

캠프 날짜가 다가올수록 3박 4일 동안 제주에서 춤을 출 일이 기대됐고, 연말에 워싱턴과 뉴욕에서 즐길 스윙이, 내년의 스윙이, 10년 뒤의 스윙이 기대됐다. 스윙은 언제나 그렇게 나를 기다려주었다. 내가 스윙을 10년 넘게 쉬는 동안에도 기다려주었고, 다시 돌아왔을 때에도 나보다 한발 더 앞에 서서 홀딩 신청을 하듯 내게 손을 내밀고 있었다. 항상 내가 기다려왔다고 생각했는데, 미래의 내게는 나를 기다리는 스윙이 있었다. 그래서 괜찮았던 것 같다. 그리고 앞으로도 괜찮을 수 있을 것 같다. 계속 스윙을 출 수 있다면.

오래오래, 다시 아름답게

온몸이 묵직하고 찌뿌드드하다. 여전히 내 손엔 교정이 쉽지 않은 원고가 들려 있다. 자리에서 일어나면 탕비실이고 화장실은 다섯 걸음이면 간다. 머리가 잘 굴러가지 않을 때엔 몸을 움직여야 하는데, 몸을 움직일 틈이 없다. 재택근무를 한 지 한 달이 되었고 춤을 못 춘 지 두 달이 넘었다.

'우주의 원더키디'도 알지 못했던 2020년의 모습을 내가 어찌 알 수 있었겠는가. 다만 2020년 봄의 김선영은 2019년 겨울 미국에 다녀온 깔루아를 생각하면서 안도할 따름이다. 코로나바이러스감염증-19가 전 세계로 확산되기 직전이었다. 워싱턴에서 열린 ILHC에 참가하고 뉴욕에서 출빠를 한 게 불과 반년도 되지 않았는데, 해외여행과 파티를 하던 일이 이제는 어느 '시절'의 일이 되어버린 듯하다. BB와 맨해튼 거리 곳곳을 걸으며 꼭 여기에 다시 오자고 다짐했던 약속들이 영영 공수표가 될 것만 같다. 요즘 나는 자주 "글쎄, 예전에는 백 명이 넘는 사람들이 한 공간에 모여서 마스크도 쓰지 않고 장갑도 끼지 않은 채 춤을 추던 시절이 있었다니까"라고 말하게 될 미래가 올까 봐 두렵다.

나의 댄서 친구들은 요즘 어떻게 지내고 있을까? 가끔 단톡방에서, SNS에서, 많이 그리운 날에는 전화로 안부를 묻기는 하지만 바에 가지 못하니 얼굴을 보는 게 쉽지 않다. 일주일에 한두 번, 많게는 대여섯 번까지 스윙을 추던 댄서들에게 '홀딩을 할 수 없는 일상'은 상상해본 적이 없어 더 생경하고 어색할 것이다. 리더와 팔로어가 손을 맞잡고 같은 스텝을 내디디면서 우리의 일상은 특별해졌었는데, 최근 몇 달간은 손을 잡고 가까이에서 서로를 마주 보는 게 두려운 일이 되어버렸다.

다시금 스윙을 쉬는 동안 자연스레 나의 지난 '스윙 휴지기'를 떠올리게 되었다. 스윙을 10년 이상 떠나 있던 시간이나 다리를 다쳐 춤을 출 수 없었던 시기를 보내고 다시 춤을 추게 된 것은 모두 어떤 우연과 운명의 조화 때문인 듯 보이지만, 사실은 스윙에 대한 열망과 춤을 추겠다는 의지가 있었기에 가능했던 것 같다. 그러므로 전 세계 댄서들에게 불어닥친 이 암흑의 시기를 이겨내고 다시 스윙을 출 수 있을 때까지 우리가 할 수 있고 해야 하는 일은 스윙에 대한 애정을 품은 채로 지금의 일상을 건강하게 잘 지켜내는 일일 것이다. "I'm gonna take good care of me because, a sneeze or two might mean the flu./ And that would never never do."

엘라 피츠제럴드의 〈As Long as I Live〉가 흘러나오는 깔루아하우스의 4인용 테이블에 앉아 나는 간절히 바란다. 나의 친구들이 오래오래 건강하기를, 우리가 곧 다시 아름답게 춤출 수 있기를.

나를 만든 세계, 내가 만든 세계
'아무튼'은 나에게 기쁨이자 즐거움이 되는,
생각만 해도 좋은 한 가지를 담은 에세이 시리즈입니다.
위고, **제철소**, **코난북스**, 세 출판사가 함께 펴냅니다.

아무튼, 스윙

초판 1쇄 2020년 6월 1일
초판 2쇄 2020년 8월 15일
지은이 김선영
펴낸이 이재현, 조소정
펴낸곳 위고
출판등록 2012년 10월 29일 제406-2012-000115호
주소 파주시 산남로 157번길 203-36
전화 031-946-9276
팩스 031-946-9277
제작 세걸음

hugo@hugobooks.co.kr
hugobooks.co.kr

©김선영, 2020

ISBN 979-11-86602-52-2 02810

이 도서의 국립중앙도서관 출판예정도서목록(CIP)은
서지정보유통지원시스템 홈페이지(http://seoji.nl.go.kr)와
국가자료공동목록시스템(http://www.nl.go.kr/kolisnet)에서
이용하실 수 있습니다.